可怕的
LES ENFANTS
孩子
TERRIBLES

Jean Cocteau

〔法〕让·科克托 著

王 恬 译

人民文学出版社
PEOPLE'S LITERATURE PUBLISHING HOUSE

图书在版编目（CIP）数据

可怕的孩子/（法）让·科克托著；王恬译. —北
京：人民文学出版社，2020
ISBN 978 - 7 - 02 - 014849 - 3

Ⅰ. ①可… Ⅱ. ①让… ②王… Ⅲ. ①中篇小说-法
国-现代 Ⅳ. ①I565. 45

中国版本图书馆 CIP 数据核字（2019）第 014666 号

责任编辑　卜艳冰　何炜宏　潘丽萍
封面设计　钱　珺

出版发行　**人民文学出版社**
社　　址　北京市朝内大街 166 号
邮政编码　**100705**
网　　址　http://www. rw-cn. com
印　　刷　上海利丰雅高印刷有限公司
经　　销　全国新华书店等
字　　数　**114 千字**
开　　本　**889 毫米×1194 毫米　1/32**
印　　张　**6**
插　　页　**5**
版　　次　**2012 年 1 月北京第 1 版**
印　　次　**2020 年 1 月第 1 次印刷**
书　　号　**978-7-02-014849-3**
定　　价　**48. 00 元**

如有印装质量问题，请与本社图书销售中心调换。电话：010 - 65233595

/ 目录

Lies
En fants
terribles

可怕的孩子

序

　　《可怕的孩子》发表于一九二九年夏天即将来临之际，收录在贝尔纳·格拉塞①主编的冠以傲慢标题的《随性所至》丛书中。那一年，科克托三十四岁，已经声名卓著，但《可怕的孩子》一经出版，反响之强烈非比寻常，因此，在这里重现莫里斯·马丁·杜加尔②于一九二九年发表在《文学新闻》上的评论文章，在我们看来很有意义。

　　　　　让·科克托及他的《可怕的孩子》

　　去年，当让·科克托宣称他不再写作时，我根本不相信。现

---

① 贝尔纳·格拉塞（1881—1955），法国著名出版商，格拉塞出版社的创办人。
② 莫里斯·马丁·杜加尔（1896—1970），法国作家，文学记者，一九三七年诺贝尔文学奖获得者罗杰·马丁·杜加尔的堂弟，《文学新闻》的创办人兼主编。

在，《可怕的孩子》刚刚出版。我没说错吧？这已不是第一次他告诉我们类似的决定。他已经写了太多而无法停笔；况且，他不正是在写作中探求自我吗？支配以及讨好大众的需要——虽然让·科克托自己并不总是承认——与退隐和沉寂也不相符；他需要那些对他怀着友爱，或者我更想说，怀着爱的读者，他需要充满青春、纯真与未来的信徒。没人会看到他去哈勒尔^①；他是一株巴黎的植物，一位敏锐、迅捷而又精致的工匠，继承了皇室高雅的传统，喜欢糅杂各种风格，令一切都显得无比迷人，甚至呕吐都可以成为一种美；他就爱把戏剧搬上舞台，爱构思布局，爱为自己挑选领带，他优雅细致、注重细节，直到夸张的边缘才戛然而止，时常还带点遗憾^②。

一个天才儿童！——人们如此定义他。他拥有一切灵动流畅、抒写微妙的天赋，源源不断的诗意，能抓住所有人与事物可笑之处的那种机敏绝顶的才智，生动明澈的精神，以及一笔当成零花钱的巨额财富！巴黎最富有灵气、最才华横溢的人，王尔德^③和尚福尔^④的混合体，他自知命中注定要成为这样的人。《职业秘

---

① 哈勒尔，埃塞俄比亚东部城市，伊斯兰教的圣城。十九世纪法国著名诗人阿蒂尔·兰波在哈勒尔居住期间完全放弃了写作，从事军火走私生意。此处意指科克托不会如兰波那般决绝地离开。

② 科克托出生于巴黎一个大资产阶级家庭，在颇具艺术修养的家人熏陶之下，自小表露出多种艺术天赋，二十岁左右便蜚声巴黎艺术圈，不仅写诗、出版杂志，还为芭蕾舞团写剧本。其与生俱来的精致穿着和优雅谈吐却又令他与崇尚波西米亚生活方式的先锋派艺术家圈子有所冲突。

③ 奥斯卡·王尔德（1854—1900），英国唯美主义艺术运动的倡导者，著名剧作家、诗人、散文家，十九世纪与萧伯纳齐名的英国才子。曾因同性恋而入狱。

④ 尼古拉·尚福尔（1741—1794），法国诗人、思想家，以箴言诗著称，著作多遗失，存有《拉封丹评论集》等。

密》与《公鸡与小丑》①证明了他对于悖论和教条式的行为准则之敏感，迸发出智慧和荒诞的火星。他的目标在更高处：终其一生，他都将以行动来竭力对抗身处的那个社会阶层，这个阶层无节制地吹捧他的才华，而他却对自己颇为轻视；他羡慕纪德②在新教氛围下成长的童年，虽然说那种教育会令他痛苦，同时，他又比任何人都梦想过上一种新的波西米亚式生活。他或许希望自己能在外省出生。因为他不够朴实，而头脑又过于清醒！从同音异义的文字游戏到诗歌，从有趣的物理到让-保罗③的梦，再到兰波的反叛，这是他一路走来的历程，"逃遁的历程"。成为诗人，只是诗人。不惜一切代价④！

　　从右派转变成极左派，这在政治上非常少见。但让·科克托在文学上也是极左派⑤吗？有人若是这样以为，那就错了。只不过，《可怕的孩子》的主题令人有点困惑，这是可能的，因为他描绘了梦境与潜意识，那是超现实主义保留的猎物。这是一本令我看完后，对作者怀有无限赞赏之情的书。这是他的杰作，这部小说表现出一种丝毫不令人反感的独创性，了解他的人则从中看到原本就属于他的特质。完美的风格：句子简练而有力，没有过分的渲染，没有无用的晦涩；透彻明晰的笔法所营造的神秘！可

①《职业秘密》与《公鸡与小丑》分别是科克托一九二二年和一九一八年的作品。
② 安德烈·纪德（1869—1951），法国作家，保护同性恋权益的代表人物。一九四七年获诺贝尔文学奖，一九五二年天主教会将他的作品列为禁书。
③ 让-保罗（1763—1825），德国作家，因德斯泰尔夫人所翻译的《梦》而闻名。
④ 科克托虽然在绘画、戏剧、电影等领域都有杰出的表现，但他一直强调自己首先是诗人，其所有的作品皆是诗意的。
⑤ 此处指在创作上极具创新性、革命性。

那些孩子是多么可怕啊！这在生活中存在吗？我们认识这样的人吗？如此地出人意料！法国文学里，第一次将孩子们送往地狱！或许他们根本没有意识到自己身处地狱！他们创造了一个幻想的世界；伊丽莎白十六岁，她的弟弟保罗比她小两岁；他们生活在蒙马特街一套小公寓中，一个令人无法想象、乱七八糟的房间里。"他们的父母呢？"你们可能会问我。这是个问题，至少，对你我而言。

母亲年纪尚轻，是个寡妇，丈夫先抛弃了她，而在濒临死亡之际又回来，死在他们共同的家中。瘫痪令她只能在隔壁的房间躺着；女儿扮演着看护的角色，因为她总是在玩耍中扮演各种角色。她特别喜欢玩"游戏"，他们的"游戏"就是在某种半清醒的状态下，超然于时间和空间之外的幻想。"满地的盒子，衣服，毛巾。已经抽丝的小地毯。在壁炉上面，放着一尊半身石膏像，上面被人用墨水添上了眼睛和胡子；四处有用图钉固定的杂志，报纸，节目单，都是电影明星、拳击手和杀人犯的照片。"这是怎样的一个布景！但这些孩子能随心所欲地改变一切：他们只须"出发"。是的，在这部诗意而又残酷的小说中，他们会出发去让·科克托精心描述的领域。是哪种神秘的毒品作用在这些孩子们身上？我们无从探究，或许他们只能生活在自己的世界里。迪普雷①的任何一位读者都会说，若这种对幻想的狂热不是由中毒引起的，那就一定属于持久性幻觉型精神病，由此我们还诊断

---

① 埃内斯特·迪普雷（1862—1921），法国精神病医生，歇斯底里症专家，发明"谎语癖"一词。著述有《幻想与易感性的病理学》等。

出一种普遍的小儿麻痹症；遗传的阴影笼罩着伊丽莎白和她的弟弟，作者对此没有丝毫的掩饰，因为正是它令那位瘫痪的母亲在三十五岁时猝死，这一简单、双重的遗传证实了我们的诊断。让·科克托仿佛预见到我的评注，他有意安排一位医生作为这个家的老朋友，在母亲去世后，由他照顾这两个孩子。这说明了什么？他不够专业：孩子们长大了，继续生活在这样思想混乱的状态里，却没有人发现任何不正常的迹象？包括这个医生？为什么保罗孔多塞中学的同学热拉尔，这个完全正常且有强烈资产阶级倾向的孩子，也会愿意住在那个总是上演着玄妙、病态的"游戏"的房间里？

让·科克托枉费笔墨对我们说："房间里的空气比外面的更轻。罪恶就像某些细菌一样，根本无法适应这里的高度。"那里充斥着令我们震惊的东西。还有，热拉尔急切地促使他的叔叔带上那对姐弟一起到海边度假。妙就妙在这一断裂的时刻：伊丽莎白和保罗只能生活在巴黎的那个房间里，于是他们就以偷无用的东西来消磨时光、寻乐子。

接着，伊丽莎白和一个非常富有的美籍犹太人结婚了，他是一个脚踏实地的人，然而他将以最快的速度死于一场车祸；所有人都住进了米夏埃尔的公寓，他们在那里的一个长廊中（那不应该如一五五页①上所讲的"既是弹子房，又是书房，又是餐厅"——因为这样的话，据我所知，就是一个半长廊），依着原

---

① 此处指法语版《可怕的孩子》（1929）。

来房间的式样，建起一个新的房间，有屏风、沙发、垫子以及附有插图的杂志。但是，伊丽莎白在当模特期间结识了孤儿阿加特（伊丽莎白在一所时装公司曾有过短暂的模特实习经历，那是在她更为短暂的婚姻之前），而阿加特爱上了保罗。伊丽莎白一想到自己可能要与弟弟分开，那个将他们与真实世界隔离的"游戏"将要中断，便绞尽脑汁令他们的结合化为泡影。阿加特最终嫁给了热拉尔——他们具有同样的资产阶级气息——（至此）仿佛一切都已交代完毕。但爱着阿加特的保罗却吞服了毒药，毒药是并无恶意的达尔热洛送的；达尔热洛即我们在第一幕里就看到的那名顽劣粗野的学生，在蒙蒂埃住宅区，他朝保罗扔了一个雪球，雪球里面恶毒地藏了一块石头。这部小说以一个白色的球开始，以一个黑色的球结束，科克托很喜欢这样的象征手法。于是，保罗因绝望而服毒自杀。伊丽莎白突然到来，这里出现了强烈到惊人的一幕戏，毋庸置疑：那几页是科克托有生以来最出色的文字。看到自己的弟弟奄奄一息，而且知道他已发现了自己的阴谋，他已明白是她促成了阿加特和热拉尔的婚姻，伊丽莎白同样选择了自杀，她比那个垂死的人还先走几分钟。文学中最美的自杀之一！巧妙绝伦的编排！

最终的悲剧包含了某种寓意：若我们无法顺应自然，自然迟早会迫使你消失！还需了解真正的诗歌是否致命——我不认为如此，因为生命应该得以绽放，而诗歌正是生命之花。

他太聪明，可人永远不会太聪明，让·科克托为自己的才情和理智羞愧，而去找寻一片混沌的领域，他要在那里，献出自己与生俱来的一切。他应该已经到达那个领域。写到他的主人公们，科克托说："他们本身也是一个杰作，在这样的作品中，智慧微不足道。"那么，还有颂扬的必要吗？

莫里斯·马丁·杜加尔

Les Enfants
terribles

illustrés

par l'auteur

1934

/　第一部分　/

1

蒙蒂耶住宅区位于阿姆斯特丹街和克利希街之间。通过克利希街上的一道栅栏或阿姆斯特丹街上一扇总是敞开着、能通汽车的拱形门可以进入一个院子。这个院子就是蒙蒂耶区，标准的长方形，一些独幢的小楼掩映在建筑群平整的高墙之下。这些宅邸高处的玻璃窗上配着摄影师们惯用的窗帘，里头应该住着些画家。人们猜测那些楼里可能堆满了徽章、锦缎和油画，油画上画的也许是放在篮子里的小猫或玻利维亚部长的全家福，默默无闻却又才华横溢的大师住在这里，屈从于官方的订单和酬劳，幸而有蒙蒂耶外省般的宁静庇护着，免受忧虑的侵扰。

但每天早上十点半和下午四点，某种躁动会打破这样的宁静。因为小小的孔多塞中学的校门正对着阿姆斯特丹街七十二增一号，学生们把蒙蒂耶的院子当成了自己的总司令部。那里成了他们的"沙滩广场"①。如同中世纪的广场一般，那儿既是谈情说爱、游戏

---

① 沙滩广场（place de Grève），1830 年之前的称谓，原是一片铺满沙砾的开阔地，便于塞纳河上的船只卸货，后来巴黎市政厅建起后，成为巴黎市中心，广场也改名为市政厅广场。Grève 一词又有"罢工"的意思，而此广场也常常是公众集会罢工的场所。

玩耍的场地，也是邮票、弹子的交易所，甚至还是模拟法庭宣判罪犯并执行惩处的危险之地，捉弄新生的把戏会一直持续到课堂上，那些费尽心机的安排常常令老师们惊诧不已。五年级的孩子是可怕的。下一年，他们就要升入四年级①，搬到科马丹街，将会看不起阿姆斯特丹街，他们会变个样子，不再需要书包，而只用一根带子和一块小方巾把四本书包起来。

但在五年级，孩子们身上依然存在着那一股顺从于童年隐秘天性的力量。某种动植物的本能，叫人很难察觉，因为那种本能并不会比某些痛苦的回忆更易留在人们的记忆里，而孩子们一看到大人，便会沉默。他们一声不吭，重新显出那副仿佛来自另一个世界的模样。这些伟大的演员们，瞬间便会像动物那样竖起全身的刺，或者，如植物般以一种柔弱姿态来武装自己，而不泄露一丁点他们宗教里的黑暗仪式。我们几乎无从知晓——他们的世界同样牵涉到诡计、受害者、立即处决、恐怖、折磨和牺牲。具体的细节不为人知，忠实的信徒们掌握着某种特殊的表达方式，令偶尔听到却未曾亲眼目睹的人也无法理解。孩子们之间所有的交易都以玛瑙弹子或邮票进行。供品将小头目及那些被崇拜的小英雄们的口袋撑得鼓鼓的，叫喊声掩盖了秘密会谈，我设想若躲在奢华之中的某个画家，拉开那些暗房幕布般的窗帘，眼前的孩子们也很难为其提供他所钟爱的题材，比如《打雪仗的通烟囱工

---

① 法国的中学年级计数方式与中国相反，中国的初一在法国教育体制中是六年级，因此，文中的五年级相当于中国的初二，四年级相当于初三。

打雪仗（一）

人》《热手游戏》^① 或《可爱的顽童》。

那天晚上，下着雪。雪从前一晚开始下，悄悄地为这个世界换了一种布景。蒙蒂耶仿佛经历了时光倒流；地上的雪渐渐消失，而在蒙蒂耶却越积越厚，似乎只有这里在下雪。

来上课的学生们践踏、跺踩、挤压着雪地，终于在泥泞坚实的地上留下了几道划痕。肮脏的雪沿着排水沟形成车辙。最后，只有那些独幢小楼的墙面、挑篷和台阶上还积着雪。轻盈的雪在窗户的防风衬垫、门楣上结成了厚重的雪块，然而，这些雪块非但没有令线条变得粗笨，反倒让空气中飘忽着一种氛围，一种灵气。多亏这会反光的雪现身了，带着镭射般的柔和，令豪华的灵魂穿越石墙，它变成这柔软光滑的绒面，让蒙蒂耶被魔法缩小、填满、点亮，成为幽灵的沙龙。

底下的场景却没有那样柔美。昏暗的煤气灯映照着一片空旷的战场。地面仿佛被剥了皮，薄冰的伤痕下露出高低不平的石板；下水道出口的脏雪积成利于埋伏的斜坡，阵阵刺骨的寒风不时将煤气吹散，阴暗的角落隐约透着死亡的气息。

视觉因此发生变化。那些小楼不再像一座离奇剧院的包间，而仿佛是因为敌人来临，故意熄灭灯火、闭门掩藏的居所。

这场雪，令蒙蒂耶不再是对杂耍艺人、刽子手和商人自由开放的广场。它赋予这个院子另一种特殊的意义——打雪仗的战场。

四点十分开始，战事便如火如荼地展开，要通过门廊已成为

---

① 热手游戏，儿童玩的一种游戏。一人被蒙住眼睛，其余的人上来拍他的手掌，直至他猜出拍他的人是谁。

打雪仗（二）

战士们（一）

战士和伤员

战士们（二）

达尔热洛

达尔热洛在教室里

一种冒险。门廊下堆着备战的雪，随着新战士的加盟，越积越多，孩子们或结伴或单独，前来参战。

"你看到达尔热洛了吗?"

"嗯……没有，我不知道。"

回答的人是一个学生，正在另一个孩子的帮助下，把第一批伤员从战场上拉回门廊这边来。那个受伤的人，膝盖上包着手帕，扶着别人的肩膀，单脚跳着。

发问的人脸色苍白，眼神忧郁。那仿佛是一双病人的眼睛；他跛着脚走路，垂到膝盖以下的披风像包着一个驼背、一个大包，样子极为古怪。突然，他甩了一下披风的后摆，靠近一个堆满了学生书包的角落，我们这才看到他那蹒跚的步伐，似乎髋部有病的样子，其实只是背着一个沉重的皮书包的缘故。他把书包丢下，不再瘸腿走路，可眼神却依旧无力。

他朝战场走去。

右边，拱顶边的人行道上，大家正在审问一个战俘。忽明忽暗的煤气灯照着这一幕。那战俘（一个小个子）被四个学生按着，胸膛抵着墙。一个高个子蹲着，拉着那小战俘的耳朵，正逼他看自己可怕的鬼脸。沉默伴随着不时变形的恐怖的脸，把倒霉的俘虏吓坏了。他哭着，试图闭上眼睛，低下头。可一看到他这样，做鬼脸的那个人就会抓起一把灰色的脏雪在他的耳边蹭来蹭去。

那个脸色苍白的学生绕开这群人，在来回的飞弹里躲闪着穿行。

他在找达尔热洛。他爱着他。

战　士

这爱之所以如此折磨他，正因为他还不懂得爱。那是一种模糊而强烈的可怕的感觉，没有任何解药，那是一种纯洁的欲望，与性无关，亦没有明确的目标。

达尔热洛是整个中学里最引人瞩目的人。他欣赏敢于冒犯他或是乐于追随他的人。然而，每当这个脸色苍白的学生面对那剃平的头发、受伤的膝盖、口袋里装满鬼把戏的外套，就会不知所措。

这场雪仗给了他勇气。他跑着，想找到达尔热洛，想去战斗，想保护他，向他证明自己的能力。

雪球飞来飞去，砸在他的披风上，也砸得墙壁开了花。从这里到那里，在两片阴影之间，可以清楚地看到一张红扑扑的脸，张着嘴巴，一只手正指着目标。

被指的目标正是那个脸色苍白的学生，他正摇摇晃晃地走着，还想叫喊。他刚认出来，那站在台阶上的正是自己偶像的随从之一。正是这个家伙给他判了刑。他刚开口叫"达尔热……"，一个雪球就砸到了他的嘴巴，并钻了进去，他的牙齿麻木了。他只来得及瞄到一张笑脸，那张笑脸的边上就是达尔热洛，他站在那帮领队中间，脸颊通红，头发凌乱，正手舞足蹈地比画着。

一个雪球正中他的胸口。从暗中飞来的雪球。仿佛大理石般坚硬的一记重击。一个石像的拳头。他的脑中一片空白。似乎看到达尔热洛正站在高台上，傻傻地垂着胳膊，笼罩在一种奇特的光芒里。

他倒在地上。一股鲜血从嘴里流出来，染红了他的下巴和脖

受伤的保罗（一）

受伤的保罗（二）

受伤的保罗（三）

达尔热洛在揉雪球

达尔热洛举起了雪球

可怕的雪球

达尔热洛和他的武器

保罗中了达尔热洛的雪球

保罗倒下

子，并渗入雪中。铃声响了。蒙蒂耶顿时变得空空荡荡。只有几个好奇的人围在倒地者的周围，没有人伸出援手，只盯着那张流血的嘴巴。有些孩子因为害怕而走开了，一边打着响指；有些撇着嘴，扬着眉毛，摇着头；另一些从角落里拿回自己的书包。达尔热洛那帮人还留在台阶上，一动不动。终于，学监和看门人来了，通报他们的是热拉尔，就是受伤的学生进入战斗之前询问过的那个孩子。他走在他们前面。两个大人把伤员抬起来；学监转向阴暗的那一面：

"是你干的，达尔热洛？"

"是的，先生。"

"跟我来。"

这群人便跟着走了。

美的特权是巨大的。连那些未曾察觉的人都为其影响。

老师们喜欢达尔热洛。学监因这莫名其妙的事件而烦恼异常。

大家把伤者抬到了门房里，门房太太是一个好心的女人，她给他擦洗干净，还试着让他恢复知觉。

达尔热洛站在门口。门后，挤着一群好奇的脸蛋。热拉尔哭着，拉着朋友的手。

"说吧，达尔热洛。"学监开口说。

"没什么好说的，先生。我们在打雪仗。我朝他扔了一个雪球。那雪球大概非常硬。砸中他胸口了，他叫了声'哦！'，就这样倒下了。我开始还以为他在流鼻血，因为另一个砸在他脸上的

一个战士

雪球。"

"一个雪球可不会砸破胸口。"

"先生，先生，"那个叫热拉尔的学生说，"他在一块石头外面包上了雪。"

"是这样吗？"学监问。

达尔热洛耸了耸肩。

"你不肯回答？"

"说了也白说。您看，他睁开眼睛了，问他吧……"

昏迷的学生醒过来了。他的头靠在朋友的手臂上。

"你觉得怎么样？"

"对不起……"

"不要道歉，你受伤了，刚才昏倒了。"

"我知道。"

"能告诉我你怎么会失去知觉的吗？"

"我的胸口被一个雪球砸到了。"

"被雪球砸到是不会感觉难受的。"

"可我没有被别的什么砸到啊。"

"你同学认为那个雪球里藏着一块石头。"

伤员看到达尔热洛在耸肩膀。

"热拉尔疯了，"他说，"你疯了。这雪球只是个雪球。我刚刚在奔跑，可能是有点充血了。"

学监舒了一口气。

达尔热洛准备走了，可突然又折回来，大家以为他要走到

受害者在门房里

受伤的孩子那边去。而他却径直来到柜台前——看门人在那儿卖（蘸水钢笔）笔杆、墨水、糖果，达尔热洛犹豫了一下，从口袋里掏出钱来放在柜台边上，买了根有点像高帮皮鞋鞋带的甘草汁糖，初中生很喜欢吃这个。接着，他穿过屋子，手放在太阳穴旁，行了个军礼，就消失了。

学监想陪伤员回家。他已派人找了辆汽车等在外面，可热拉尔认为没有这个必要，因为学监的出现会令伤员的家人不安，他可以负责把伤员带回家。

"再说，"他补充道，"看，保罗已经恢复了体力。"

学监没有坚持要亲自护送。雪还在下着。而这学生的家在蒙马特街。

他看着他们上车，看到热拉尔用自己的羊毛长围巾和披风裹住受伤的同学，便认为他会相当尽责地完成这个任务。

坐汽车回家

2

汽车在结了冰的路面上缓缓前行。热拉尔看着那个可怜的脑袋正在车子一角左右晃动。由下往上望过去，他苍白的脸色似乎把那个角落都照亮了。黑暗中，几乎看不到他紧闭的双眼，只隐约能辨别出他的鼻孔和嘴唇，他的嘴角边还残留着血痂。他轻轻地叫："保罗……"保罗听见了，但是一种不可思议的倦意使他无力回应。他的手从厚厚的披风里滑出来，搁在了热拉尔的手上。

面对这类危险，孩子们会产生两种极端的反应。他们无法估量生命力之深厚和顽强，于是立刻就会想到最坏的结果；然而，这种厄运在他们眼中又不尽真实，因为他们也不可能面对死亡。

热拉尔不断地想："保罗死了，保罗要死了……"可他并不相信。保罗之死对他而言宛若一种梦境的自然延伸，一场会永远持续的雪上之旅。因为，如果说他爱保罗，正如保罗爱达尔热洛一样，那么保罗在热拉尔眼中的魅力，却正是其柔弱。保罗的目光总是追随着达尔热洛那团火焰，而坚强善良的热拉尔则一直关注着保罗，为他扫清障碍，保护着他，防止他被灼伤。刚才在门廊上，他的反应可真够傻的！保罗在找达尔热洛时，热拉尔本想以其无动于衷的冷漠令保罗震惊。那是一种同样的情感——它推着保罗走向战场，也令热拉尔改变主意，尾随其后。他远远看到保罗倒地，被鲜血染红，处于一种令好事者只敢远观的状态。他担心自己若是走上前去，达尔热洛那伙人会阻止他去报信，于是，便急着先赶回去求救。

此刻，他重新找回惯有的节奏，守护着保罗；那是他的岗位。他带保罗回家。这梦一般的状态令他心醉神迷。无声的汽车，街边的路灯，他的使命构成一种魔力。仿佛朋友的虚弱化为石质，拥有了一种决定性的分量，令他自己的力量终于发挥出应有的作用。

猛然间，他想到刚才自己指控达尔热洛，是怨恨令他说了那种话，做出那样偏激的举动。他仿佛又看到门房里的一切，那个倨傲的男孩耸着肩膀的样子，看到保罗的蓝眼睛，看到他竭尽全力大声说："你疯了！"——来为那个罪人辩护。他把这令自己尴尬的情景搁置一边。因为他有自己的解释。在达尔热洛的铁腕之下，一个雪球完全可以变得比他那把多用小刀更危险。保罗却忘了这一点。无论如何，要回到孩子们的现实世界，由平平常常的细节所构成的可怕、神秘、壮烈的世界，而大人们的斥问却会粗暴地打破这种梦幻般的状态。

汽车仿佛行驶在空中。它与一些星辰交错而过。它们的光亮透过车窗的毛玻璃渗进来，窗外还袭过阵阵急促的北风。

突然，传来两声长鸣。那声音划过长空，像又不像人的声音，玻璃窗震动起来，消防车旋风般地驶过。透过结霜的玻璃窗上歪歪斜斜的空隙，热拉尔瞥见消防车的车身，一辆接一辆，一路鸣叫着经过，那些红色的消防梯，戴着金色头盔的消防员们，如同别有寓意的图画。

红色的反光在保罗脸上晃动。热拉尔以为保罗又有了生气。可最后一阵旋风过后，他的脸色又回归了苍白，这时，热拉尔注意到自己握着的那只手是温热的，而正是这种令人安心的热气允许他玩那个游戏。"游戏"是一个非常不确切的说法，但保罗正是这样称呼孩子们喜欢沉醉其中的半清醒状态；他是那个游戏的高手。他能掌控时间和空间，引发梦境，将梦与现实结合起来，活在黑夜与白昼的交会时分，在课堂上创造出另一个世界，在那个世界里，达尔热洛欣赏他，并听从他的指挥。

他是在玩游戏吗？热拉尔心想，他握紧那只热乎乎的手，渴望地盯着保罗朝后仰的脑袋。

没有保罗，这汽车只是汽车，这雪只是雪，这灯只是灯，回家只是回家。他过于粗糙，无法自己创造出这种陶醉感；但保罗征服了他，他的影响渐渐改变了一切。保罗没有学会语法、算术、历史、地理、自然科学，却学会并养成了做白日梦的习惯，这本事能令人与世隔绝，重新赋予事物真正的含义。对这些神经质的孩子而言，躲在课桌后面嚼一块橡皮或是一支蘸水笔的快感远胜于印度毒品的功效。

游 戏

他在玩游戏吗？

热拉尔没有猜错。游戏，经保罗一玩，就变得与众不同。那些呼啸而过的消防车并未能使他分心。

他试图再次抓住飘浮的思绪，但是来不及了；他们刚刚到家了。车子停在门口。

保罗从昏沉沉的状态里醒过来。

"要我帮你吗？"热拉尔问。

其实根本不用问，保罗得由热拉尔扶着才能上楼。热拉尔先取下了他的书包。

他背起书包，一手拦腰搂住保罗，保罗的左手勾住热拉尔的脖子。两人开始爬楼。他们在二楼停了下来。那儿有一张旧长椅，绿色的绒垫已经破了，露出里面的填充物和弹簧。热拉尔把自己身上那副珍贵的担子小心地放在这张长椅上，走到右手边的门前，按了门铃。脚步声传来，突然又停下，一片寂静。——"伊丽莎白！"依然没有动静。"伊丽莎白！"热拉尔压低嗓门用力喊。

"开门！是我们。"

一个细小而执拗的声音回应说：

"我不开！你们真让我讨厌！我受够这帮男孩子了。你们在这个点上回来，不是疯了吧！"

"丽莎白[①]，"热拉尔坚持着，"开门，快开门。保罗病了。"

稍过一会儿，门开了一条缝。那个声音从门缝里传来：

---

① 丽莎白（Lisabeth），是伊丽莎白（Elisabeth）的昵称，下文的丽兹（Lise）亦然。

"病了？只是为了骗我开门吧。撒谎，是真的吗？"

"保罗病了，快点，他在长椅上直哆嗦呢。"

门被拉开了，出来一个十六岁的女孩。她长得很像保罗；同样蓝色的眼睛，同样乌黑的睫毛，同样苍白的脸颊。年长的两岁显露在某些线条上——那短短的鬈发下面，姐姐的脸庞已不再像半成品的粗坯，而变得条理清晰，迅速地从杂乱朝着美丽发展，相比之下，弟弟显得有点过于柔弱。

阴暗的门厅，让人先注意到伊丽莎白苍白的脸，接着，是她身上那条做饭时戴的围裙，对她而言显然是太长了。

原以为只是个玩笑，可眼前的事实却令她哑口无言。她和热拉尔一道扶起保罗，保罗脚步踉跄，脑袋无力地靠着他们。热拉尔在门厅就想解释事情的经过。

"笨蛋，"伊丽莎白，"您[①]总是欠揍。能不能不这样大叫大嚷。您想让妈妈听到吗？"

他们穿过饭厅，绕过餐桌，进了右边孩子们的房间。这个房间里有两张小床、一个衣柜、一个壁炉和三把椅子。两张床之间，有一扇门通向厨房盥洗室（也可由门厅直接进去）。这个房间给人的第一感觉很怪异。如果没有床，简直就让人以为是个杂物间。满地的盒子、衣服、毛巾、已经抽丝的小地毯。在壁炉上面，放着一尊半身石膏像，上面被人用墨水添上了眼睛和胡子；四处有用图钉固定的杂志、报纸、节目单，都是电影明星、拳击手和杀

---

① 此处为敬语，"您"与"你"的不同称谓在法语中能表示男女之间的亲近程度。下文中伊丽莎白将不再对热拉尔使用敬语。

姐弟俩

人犯的照片。

伊丽莎白用脚猛踢了几下那些盒子，开出一条路来。同时嘴里还嘀嘀咕咕地咒骂着。他们终于把伤员放到了堆满书的床上。热拉尔讲述了刚才那场战役。

"太过分了，"伊丽莎白叫起来。"这些先生们在开心地打雪仗，而我却在看护着妈妈。我那残废的妈妈！"她嚷嚷着，似乎很满意这几个词突出了重点，"我在照顾残废的妈妈，而你们在玩雪球。都是您，我敢肯定，是您拉保罗去玩的，白痴！"

热拉尔没吭声。他了解这姐弟俩那种火星四射的做派，他们惯用的学生气的字眼，和他们永远不会放松的神经。但他还是有点胆怯和不安。

"谁来照顾保罗，是您还是我？"她还在继续说，"您像根木头似的还杵在这儿干吗？"

"我亲爱的丽莎白……"

"我既不是丽莎白，也不是您的亲爱的，请您得体地称呼我。再说……"

一个仿佛来自远处的声音打断了她的训斥：

"热拉尔，老兄，"保罗抿着嘴说，"别理这个可恶的臭丫头。她在找我们麻烦。"

伊丽莎白听到这样侮辱自己的话，跳了起来：

"臭丫头！好吧，兄弟们，你们自己解决吧。你自己照顾自己好了。太过分了！一个连雪球都承受不住的笨蛋，我为你着急也太傻了！"

"来，热拉尔，"她一口气说下去，"看看。"

她猛地把右脚朝空中踢起来，比自己的头还要高。

"这就是我练了两个礼拜的结果。"

她又开始练习了。

"现在给我出去！快滚！"

她指了指门。

热拉尔还在门口犹豫。

"也许……"他支吾着说，"该去找个医生。"

伊丽莎白又把她的腿踢起来。

"医生？我是等着您来提醒我呢。您真是少见地聪明啊。知道吗，医生每天七点钟会来看妈妈，到时候我会让他看一下保罗。走吧，快点！"她下了个决断，可看到热拉尔还是一副茫然的样子，又说：

"难道您是医生吗？不是？那就走吧！快走！"

她边跺脚，边朝他凌厉地瞪了一眼。他只好往后退。

因为是后退着走的，而饭厅里又很黑，他撞翻了一把椅子。

"笨蛋！笨蛋！"小姑娘不停地叫着，"别捡了，你又会撞翻另一把的。快滚吧！还有，千万别甩门。"

在楼道里，热拉尔想到外面有辆车子等着他，可他口袋里却连十个苏①都没有。他又不敢再按门铃。伊丽莎白不会开门的，或者，她会以为是医生来了，但看到他肯定会大发脾气。

---

① 法国辅币名，相当于二十分之一法郎。

他住在拉菲特街，收养他的一个叔叔家里。他决定让司机带他回家，然后向叔叔说明情况，让叔叔给他车钱。

他乘车走了，缩在朋友刚才坐的那个角落里，故意把头也抵在靠背上，随着汽车的颠簸而晃动。他没有再玩游戏，他很难受。刚才，经过那不可思议的一幕之后，他又感觉到了保罗和伊丽莎白周围那种令人张皇无措的氛围。伊丽莎白令他清醒了，意识到她弟弟的那种柔弱里掺杂着残酷的任性。被达尔热洛所征服的保罗，成为达尔热洛的牺牲品的保罗，并不是叫热拉尔甘为奴隶的保罗。刚才，热拉尔在车里的反应，就像一个摆弄死人的疯子，根本没有像现在这样清醒地回想事情的经过。他这才意识到那几分钟的温柔来自于大雪和昏迷的组合，来自于一种误解。回来的路上，保罗仿佛有了生气，其实只是飞逝而过的消防车的反光让他看似恢复了血色。

事实上，他了解伊莎丽白，了解她对弟弟的那种爱，以及自己可以得到的友情。伊丽莎白和保罗都很喜欢他，他了解他们时常爆发的爱，他们之间那种眼神交汇而迸发的火花，任性而导致的冲突，以及他们恶狠狠的说话方式。静静地仰着脑袋，脖子冰凉，他理清了头绪。如果说这点智慧让他看清伊丽莎白的话语后面那颗炙热而温柔的心，它同样让他看到这次昏厥，明白了这次事故的真相，这次事故对于大人们的意义，以及可能产生的后果。

到了拉菲特街，他请求司机等一下。司机不满地嘟嚷着。他三步并作两步地上楼，找到叔叔，并说服了这个好心人。

可楼下，空荡荡的街上，只剩一片大雪。那个司机大概是拗不过一个愿意支付这笔车钱的路人，载着他走了。热拉尔把钱放进口袋。——我什么也不说，他想。我要为伊丽莎白买点东西，那就有借口去打探消息了。

蒙马特街上，热拉尔走后，伊丽莎白走进母亲的房间；这个房间加上一个小客厅，构成了这所公寓的左半边。病人正在打盹。四个月来，自从那次打击夺走她所有的精力后，这个三十五岁的女人就衰老得像个老妇人，而且希望死去。她的丈夫曾经迷惑她，哄骗她，害她破产，并抛弃了她。三年间，他只在这个家里短暂地露了几面，上演了几出丑陋的闹剧。肝硬化把他带回来。他要求得到治疗，挥舞着手枪威胁说要自杀。那次危急的状况过后，他又去找他的情人，而那个情人却把他推到危险的边缘。他捶胸顿足，再次回来，一躺下就没再起来，死在这个他曾拒绝与之一起生活的妻子家中。

出离愤怒的叛逆感令这个无力的女人变成了一个对孩子漠不关心的母亲，她涂脂抹粉，每周都要更换女佣，出门跳舞，不择手段地挣钱。

伊丽莎白和保罗承袭了她那苍白的脸颊。从父亲身上则继承了放荡、优雅和极端的任性。

为什么还活着？她在想。医生是这个家的老朋友，他绝不会任由孩子们迷失，不闻不问。一个残废的女人已经把女儿和整个家拖累得精疲力竭。

"你睡了，妈妈？"

"没有，我只是在打瞌睡。"

"保罗扭伤了，我已经让他躺下，一会儿，会让医生给他检查一下。"

"他疼吗？"

"走路会疼。他向你道晚安。他在剪报纸呢。"

残废的女人叹了口气。很长时间以来，她都依赖着自己的女儿，因为痛苦而变得自私。但她不想再让这种情形持续太久。

"用人呢？"

"老样子。"

伊丽莎白回到自己的房间。保罗翻身面对墙壁。

她俯下身子凑近他：

"你睡了？"

"别来烦我。"

"真客气。你已经出发了（在姐弟俩的话里，'已经出发'即指由游戏引发的状态；他们会说'我要出发了''我出发''我已经出发了'。打扰一个已经出发的游戏者可是一种不可饶恕的罪过。）——你已经出发了，而我还在忙碌苦干。你是个令人讨厌的家伙，坏透了。把脚伸过来，我给你脱鞋。你的脚冻得冰凉。我去给你冲个汤壶。"

她把满是泥浆的鞋子放在那尊雕像旁，然后进了厨房。传来她点燃煤气灶的声音。接着，她又跑回来准备给保罗脱衣服。他咕哝了几句，但没有反抗。在不得不需要他动一动的时候，伊丽莎白就说"抬起你的脑袋"、"抬起你的腿"或者"你要再不动弹，我就没办法拉下这个袖子了"。

她慢慢地掏空了他的口袋，朝地上扔了一条满是墨水印的手帕、导火线、几颗和毛絮粘成一团的枣子。接着拉开衣柜的抽屉，把剩下的东西都倒了进去：一只象牙制的小手，一颗玛瑙弹子，一个钢笔套。

这是他们的百宝箱。无法描述的宝藏，那抽屉里的东西早已远离本来的功用，成为某种象征，对于不了解内情的人而言，那只是一堆乱七八糟的破烂——英国钥匙，装阿司匹林的管子，铝制的戒指，卷发夹子。

汤壶很热。她一边发牢骚，一边掀开被子，摊开一件长长的睡衣，像剥兔子皮那样把保罗身上那件衬衣脱了下来。她每动一下，保罗的身体就会一僵。看到她那么专注，保罗的眼泪又涌上来。她把他裹起来，掖好被子，最后以一句"睡吧，笨蛋！"结束，还做了个永别的动作。随后，她两眼盯着前方，皱着眉头，唇间微露舌头，又开始了自己的练习。

一阵铃声打断了她。铃声并不响，因为门铃周围缠上了布条。是医生来了。伊丽莎白拉着他的毛皮大衣，将他带到弟弟床前，向他询问病情。

"你走吧，丽兹。给我拿支温度计，然后去客厅等我。我要给他听诊，我不喜欢有人在边上走动，也不喜欢被人盯着。"

伊丽莎白穿过饭厅，进了客厅。雪继续创造着它的奇观。她站在扶手椅后面，看着这间陌生的房间，大雪似乎把它悬到了空中。对面人行道边的路灯在天花板上映射出几扇玻璃窗半明半暗的光，阿拉伯式的花纹上点缀着一圈凹凸有致的光晕，一些行人的身影缩小了，在其中穿梭往来。

镜子的反光令悬在空中的影像更加生动，那反光如同一个静止的幽灵，伫立在挑檐和地面之间。时而，有一辆车子经过，巨大的黑影便扫除了一切。

伊丽莎白试着玩那个游戏。但是做不到。她的心狂跳。对她而言，就像对热拉尔一样，这场雪仗的后果超出了他们的想象。医生在严肃的世界里将这一切重新构建，那里存在着恐惧，人会发烧、会死。刹那间，她似乎看到了自己瘫痪的母亲，奄奄一息的弟弟。一个邻居拿来的汤、冷肉、香蕉、她随时吃着的硬饼干，没有女佣，没有爱的家。

保罗和她会在床上大口嚼着麦芽糖，互相对骂，交换着书看；因为他们只看几本书，永远是那几本，直看到厌烦。厌烦也是仪式的一个组成部分，那仪式从仔细地清理床铺开始，掸去面包屑和折页，然后乱翻一气，最后才是游戏，仿佛有了厌烦的情绪，能更容易开展他们的游戏。

"丽兹！"

伊丽莎白已经远离伤感。医生的呼喊声惊醒了她，她推开门。

"好了，"他说，"没必要对你隐瞒什么，这并不严重。不严重，但得严肃对待。他的胸部很脆弱。轻轻一碰就会难受。绝不能再去上学。休息，休息，还是休息。我同意你用扭伤这个借口。没必要让你们的母亲担心。你是个大姑娘了，我相信你。叫用人来吧。"

"我们没有用人了。"

"好的。那我明天会派两个看护来，她们轮流替班，负责家务活。她们会去买生活必需品，你只要监督她们就行了。"

伊丽莎白没有道谢。她似乎已经习惯了生活在奇迹之中，丝毫没有惊讶地接受这一切。她总是等待着奇迹，而奇迹也总在发生。

医生接着去看生病的母亲，随后便离开了。

保罗睡了，伊丽莎白听着他的呼吸声，凝视着他。一种强烈的情感令她表情古怪，想伸手抚摸他，可又不应该打扰一个睡着了的病人。她得守护他。她发现弟弟的眼皮下有淡紫色的痕迹，他的上嘴唇肿胀起来，盖住了下嘴唇，她把耳朵贴在保罗裸露着的手臂上。听到的是怎样一种杂乱的声音啊！伊丽莎白捂住自己的左耳。她自己的声音与保罗的声音混杂在一起。她恐慌起来。仿佛那一种喧嚣越来越响，如果再大声一点，就是死亡。

"亲爱的！"

她把他推醒了。

"嗯！怎么啦？"

他伸着懒腰。眼前有一张惊慌无措的脸。

"你怎么啦？疯了吗？"

"我?!"

"对啊,你。真是个讨厌鬼!你不让别人睡觉吗?"

"别人!我本来也可以睡觉的,可我得看着你,给你吃饭,听你的杂音。"

"什么杂音?"

"一种可怕的声音。"

"白痴!"

"我本来想告诉你一个大新闻。可既然我是个白痴,就不跟你讲了。"

大新闻诱惑着保罗。但他躲过了这个太明显的圈套。

"你留着它吧,你的大新闻,"他说,"我可不想听。"

伊丽莎白脱了衣服。姐弟之间一点也不避嫌。这个房间仿佛是一种硬壳,而他们就生活在壳里,洗澡、穿衣,仿佛同一个身体里的两个灵魂。

她把冷牛肉、香蕉、牛奶放在病人旁边的椅子上,又把饼干和石榴汁拿到另一张床边,然后躺了下去。

她默默地边吃边看书,保罗被好奇心吞噬了,追问医生究竟说了些什么。诊断结果无关紧要。他想要那个大新闻。可大新闻只能从姐姐的嘴里问到。

被问题所烦扰的伊丽莎白没有把视线从书本上移开,嘴巴也继续不停地嚼着,因为害怕拒绝回答可能带来的后果,就以一种冷淡的口吻说:

"他说,你再也不用回去上学了。"

保罗闭上眼睛。一种难以忍受的不安令他仿佛看到了达尔热洛，达尔热洛在别处生活，而他的未来里却丝毫没有达尔热洛的影子。他几乎要崩溃地叫起来：

"丽兹！"

"唔？"

"丽兹，我感觉很难受。"

"得，好吧！"

她起身，拖着一条发麻的腿一瘸一拐地走过来。

"你想怎么样？"

"我想……我想你待在我身边，待在我床边上。"

眼泪流下来。他哭得像个小孩子，噘着嘴，眼泪鼻涕淌得到处都是。

伊丽莎白把她的床拉到厨房门口，几乎要碰到她弟弟的床，两张床之间只隔了一把椅子。她又躺下来，用手抚慰着那个不幸的人。

"你看，你看……"她说，"这儿有个白痴，跟他讲不用再去上学，他却哭了。想想我们从此可以躲在自己的房间里生活。医生说了，我们会有穿白衣服的看护，我只有在想买糖果或是去阅览室时才会出门。"

泪水在可怜而苍白的脸颊上画出湿漉漉的痕迹，几滴眼泪从睫毛底端掉下来，落在长长的枕头上。

面对这令人困惑不解的灾难，丽兹咬着自己的嘴唇。

"你在害怕吗？"她问。

保罗摇了摇头。

"你喜欢学习?"

"不是。"

"那是为什么?喂……听着!"她摇着他的手臂,"你想不想玩游戏?把鼻涕擦擦。看着,我来给你催眠。"

她靠近他,瞪大了眼睛。

保罗哭着,抽噎着。伊丽莎白感觉累了。她想玩游戏;想安慰弟弟,给他催眠;她想搞明白他为什么哭。但睡意压倒了她的努力,巨大的阴影在她头顶盘旋,笼罩着她,仿佛汽车开过时在雪中的投影。

3

第二天，为他们服务的人如约而至。五点半的时候，一个身穿白衣的看护为热拉尔开了门，后者带来了人造的帕尔玛紫罗兰，用一个纸盒装着。伊丽莎白为之动心了。

"去看保罗吧，"她说，不再恶意取笑，"我得去照看妈妈打针。"

保罗洗干净，梳好头，脸色几乎恢复健康了。他问起孔多塞中学的情况，得到的消息令他无比震惊。

早上，达尔热洛被校长叫去了。校长打算重新调查一下。

可达尔热洛被惹烦了，只是回答说："行了，行了吧！"态度极为蛮横无理，把校长气得从椅子上站起来，拳头抵着桌面，语气中有了威胁的意味。于是，达尔热洛从上衣口袋里掏出一瓶胡椒粉，撒了他满脸。

后果那么严重，一切又发生得如此之快，达尔热洛也吓坏了，出于自卫的本能爬到了一把椅子上面，仿佛不知何处的水闸突然开启，湍急汹涌的水流正没过来。他站在高处，望着眼前那一幕：一个迷了眼睛的老人正扯着自己的领子，滚到一张桌子下，吼叫着，露出癫狂的一切症状。这个画面——发狂的人和达尔热洛，他同前一晚扔出雪球之后一样，傻呆呆地站在高处——把闻声赶来的学监也怔在了门口。

学校不存在死刑，达尔热洛被开除了，校长被送进了医疗室。达尔热洛昂着头穿过学校的前厅，鼓着嘴巴，没有向任何人告别。

可以想象，在听自己的朋友讲述这桩轰动全校的新闻时，病人心潮起伏。可既然热拉尔没有让人觉察一丁点幸灾乐祸的情绪，保罗也能不流露出自己的痛苦。然而，情不自禁的保罗还是问道：

"你知道他的住址吗？"

"兄弟，我不知道；这样一个家伙可不会把住址给我。"

"可怜的达尔热洛！他留给我们的只有这些了。去把照片拿来。"

热拉尔在雕像后面找到了两张照片。一张是整个班级的合照，学生们按个头排列站着。在老师的左边，保罗和达尔热洛蹲在地上。达尔热洛交叉着双臂，仿佛一个足球运动员，骄傲地炫耀着自己强壮的双腿，那是他树立威信的标志之一。

另一张照片上是穿着阿达莉戏服的达尔热洛。为了庆祝圣查尔曼节，学生们曾经排演《阿达莉》①。达尔热洛想演那个作为戏剧题目的角色。在他的面纱、他那华丽的戏服之下，达尔热洛仿

---

① 十七世纪最伟大的剧作家拉辛（1639—1699）的最后一部悲剧作品，写于一六九一年，取材于《圣经》。

伊丽莎白看到百宝箱中的达尔热洛

佛一只小老虎，像极了一八八九年那些伟大的悲剧演员。

正在保罗和热拉尔回想过去的时候，伊丽莎白走了进来。

"把它放进去？"保罗举着第二张照片说。

"放什么？放在哪里？"

"放在百宝箱里。"

"把什么放在百宝箱里？"

女孩满脸疑惑。她对百宝箱虔诚而敬仰。把一件新的东西放到里面绝不是一句话的事情。别人得征求她的意见。

"我们在征求你的意见呢，"弟弟又说，"是那个朝我扔雪球的家伙的照片。"

"给我看看。"

她审视着那张照片，久久没有做声。

保罗又说：

"他朝我扔了雪球，又对着校长撒胡椒粉，被开除了学籍。"

伊丽莎白盯着照片，思考着，来回踱步，啃着指甲。最后，把抽屉拉开一条缝，将照片从缝里塞进去，关上了抽屉。

"他长了一副讨人嫌的模样，"她说，"长颈鹿（那是对热拉尔的一种友好别称）①，别再折磨保罗了。我要去妈妈房间。我得看着那些看护病人的人。很麻烦，您知道的。她们总想自作主张。我可不能让她们单独待在那里。"

她半认真、半开玩笑地离开房间时，以一种戏剧化的姿态用手捋了一下头发，还假装拖着重重的曳地裙摆离去。

———

① 法语中的长颈鹿（girafe）与热拉尔（Gérard）的发音相近。

伊丽莎白假装拖着重重的裙摆离去

4

多亏医生，他们的生活节奏趋于正常。但这类舒适对孩子们几乎没有影响，因为他们有自己的节奏，不属于这个世界的节奏。只有达尔热洛能吸引保罗去上学。达尔热洛被开除后，孔多塞中学就相当于一座监狱。

再说，达尔热洛的魅惑力也发生了变化。并不是淡化了，正相反，达尔热洛变得更加高大，飞起来，漂浮在这房间的上空。他的黑眼圈，他的鬈发，他厚厚的嘴唇、宽大的手掌、受伤的膝盖，渐渐化成了星座的模样。它们在移动，在旋转，在空中分割开来。总之，达尔热洛与他在宝藏堆里的照片会合了。模特和照片等同为一体。原型便失去了意义。这种抽象的形式把那个漂亮的家伙理想化，充实了那片神奇领域里的收藏，保罗则获得解脱，尽情享受着这场病所带来的一切，在他眼里，这更胜于度假。

看护们的建议并没有战胜房间原有的杂乱。现在反而越来越糟，形成了交错纵横的街道。箱子排成的大道，纸张铺就的湖泊，

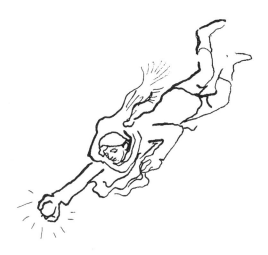

达尔热洛在房间上空

衣服堆成的小山，成为病人的城市和它的布景。伊丽莎白以摧毁这些主要的景观为乐，她以洗衣服为借口让小山倒塌，肆意制造出一种狂风暴雨般的氛围，没有它，姐弟俩谁都活不下去。

热拉尔每天都来，迎接他的总是一连串的粗话。他微笑着，低着脑袋。温柔的个性令他对这种欢迎方式具有免疫力。这些话不会再让他吃惊，甚至，他能从中体会出爱意。面对他的冷静，孩子们大笑不已，假装认为他很可笑，很"壮烈"，假装相互谈论着，故意泄露出与他有关、被他们搞得神秘兮兮的事情。

热拉尔了解这套把戏。百毒不侵的他耐心地观察着这个房间，找寻着近期某种任性留下的痕迹，早已没人会开口聊这类事情了。比如，有一天，他看到镜子上用肥皂写着几个大字：自杀是一种致命的罪孽。

这句大家熟识的箴言，应该会继续留在镜子上，充当着那尊雕像上的胡子。孩子们对它熟视无睹，仿佛那是用水写的一般透明。但它表明了某个罕见的时刻，一份无人见证的抒情。

某句拙劣的话令矛头改变方向，保罗开始骂他的姐姐。姐弟俩便放弃了这个太易擒获的猎物，而享受着你来我往、激烈斗嘴的速度。

"啊！"保罗叹了口气，"当我有自己的房间时……"

"我也会有我的。"

"你的房间会很干净！"

"至少比你的干净！"

"听着，长颈鹿，他要一盏吊灯……"

姐弟间的相互辱骂

"你给我闭嘴!"

"长颈鹿,他会在壁炉上放一尊斯芬克斯石膏像,还会在路易十四风格的吊灯上涂瓷漆。"

她扑哧一声笑了。

"是啊,我会有一尊斯芬克斯像和一盏吊灯。你太笨了,什么也不懂。"

"那我就不会住在这里。我会去住旅馆。我早就准备好了一个箱子。我会去宾馆。让他自己去照料自己吧!我拒绝待在这里。我有自己的箱子。我拒绝和这个粗野的人住在一起。"

每一次这样的闹剧收场时,伊丽莎白总是吐着舌头,用拖鞋把乱堆的东西踢得一塌糊涂,然后扬长而去。保罗朝着她的背影吐口水,她甩门离开,随之传来其他门被狠狠撞击的声音。

保罗偶尔会有梦游的症状。他梦游的发作时间很短,让伊丽莎白很是兴奋,丝毫不会吓着她。这病会让保罗从床上起来。

每当伊丽莎白看到一条长腿出现,并且以某种方式移动,就会屏住呼吸,聚精会神地盯着那个活雕像活动的地方,看他灵活地四处游荡,然后再躺下来,重新睡去。

母亲的突然去世让他们之间的暴风雨暂时平息下来。他们爱她,他们对她无礼,只是以为她永远不会死。更为严重的是,他们认为自己对她的死有责任,因为前一晚,她死了,而保罗第一次起床,和姐姐在房间里吵架,却丝毫没有觉察到异样。

房　间

当时看护正在厨房里。争吵发展成了打架，姐姐脸涨得通红，到瘫痪者的扶手椅旁去寻求庇护，却不幸看到一个长长的、陌生的女人，那个女人瞪着她，双眼和嘴巴都大张着。

尸体手臂已僵硬，手还握着扶手椅，保留着死神突然降临时的样子，死人特有的姿态。医生早已预见到这样的死亡。孤单的孩子们，脸色苍白，无法动弹，望着这石化的叫喊，这具替代了活人的模型，这把他们再也不认识的可怕的伏尔泰椅[①]。

这个景象会长久地印在他们的脑海里。葬礼，泪水，惊愕，保罗的病复发，医生和热拉尔的叔叔好言抚慰（他们还出钱请了一个看护照料家务），这一切过后，孩子们又重新回到面对面的生活。

对母亲的回忆并不痛苦，她死的时候那种不可思议的状态起了很大的作用。死亡突袭给她留下的那副阴森恐怖的形象与孩子们所怀念的母亲没有任何关系。而且，在这些单纯而野性的孩子们心里，一个离开的人，虽然会令他们因不适应而哭泣流泪，但很快就会失去她的位置。他们不懂人情世故。动物的本能驱使着他们，仿佛有着类似动物母子间的关系。但他们的房间需要闻所未闻的离奇。类似某个离奇古怪的细节令孩子们保留了对某起重大事件的深刻记忆——这次死亡的奇特性如同古人的石棺，保护了那个死去的女人，并出乎意料地在他们幻想的天空为母亲保留了一席敬意。

---

① 伏尔泰椅，一种高背深座的安乐椅。

母亲的死

马里耶特

5

保罗的病复发，持续了很长时间，一度非常危险。看护马里耶特尽心尽力地照顾他。医生非常生气。他要保罗安静，放松，加强营养。他总是过来交代要做的事，给他们需要的钱，尔后再过来查看自己吩咐的事情是否都已办妥。

伊丽莎白起初摆出一副凶狠挑衅的样子，最后，却被马里耶特这红扑扑的胖脸，灰白的鬈发和她的奉献精神征服了。她的无私经得起任何考验。马里耶特已当了祖母，深爱着自己那个住在布列塔尼的孙子，这个没有文化的布列塔尼妇女轻而易举地解读了孩子们那些叫人难以捉摸的奥秘。

客观而言，伊丽莎白和保罗个性很复杂，可能是遗传了疯狂的姑姑及酗酒的爸爸。他们的个性复杂，犹如玫瑰，要就此做出评判本就是个难题。然而，简单得不能再简单的马里耶特，却识透了那些看不见的东西。她在孩子们的世界里自在随心，别无所求。她感觉这个房间里的空气比外面的更轻。罪恶就像某些细菌一样，根本无法适应这里的高度。纯净、轻盈的空气，任何沉重、低贱、卑劣的东西都无法渗透进来。马里耶特纵容、保护着他们，就像人们纵容、保护天才一样。她的简单给予她理解的天赋，懂得尊重这个房间里创造的精灵。因为，孩子们创造的是一个杰作，而他们本身也是一个杰作，在这样的作品中，智慧微不足道，没有骄傲、没有企图才是它的奇妙之处。

还用多说吗？那个生病的孩子正在利用自己的疲惫，控制着自己的病情。他缄默不语，对于责骂不再有任何反应。

伊丽莎白在赌气，她闷在一种倨傲的沉默里。然而沉默很是无趣，于是她从一个女主人转换到了一个保姆的角色。她卖力表现，开始细声软语地说话，踮着脚尖走路，小心翼翼地关门，把保罗当成一个小傻瓜，一个重症病人，一个值得同情的可怜家伙。

她可以去医院当护士了，因为马里耶特教会了她一切。她能在角落的那间客厅里待上好几个小时，守着那尊长胡子的雕像、撕碎的衬衫、吸水棉球、纱布、安全别针。这尊睁着惊恐的双眼、头上缠着绷带的雕像在所有的家具上出现过。马里耶特每次走进一间黑暗的屋子，看到这尊石膏像，都会被吓个半死。

医生赞扬伊丽莎白，她的变化令人难以置信。

这一切持续着。她相当执著，变成她扮演的那个人。因为从来没有一分钟，我们年轻的主人公们意识到自己给外界的印象是什么。再说，他们并不表露什么，根本不想表露。这个房间充满诱惑力，又贪得无厌，孩子们用幻想来布置它，同时又憎恶它。他们计划着要拥有各自独立的房间，却根本没有想过去动那个空屋子。确切地讲，伊丽莎白曾经考虑过一个小时。对于死者的记忆虽然被他们混住的房间冲淡了，可一走到那里，依然令她惊恐万分。她借口要照料病人，又留了下来。

　　保罗的病不断恶化。他抱怨痉挛带来的痛苦，躲在厚厚的枕头堆里一动不动。伊丽莎白不想听，就把食指放在嘴唇上，轻手轻脚地走开，仿佛一个夜归的小伙子，用手拎着鞋，穿着袜子走过门厅。于是，保罗耸耸肩，又回到游戏里。

　　四月份，他终于可以起床，可还是站不住。腿仿佛新生的一样，很难支撑他的身体。伊丽莎白非常恼火，因为他比她整整高了半个脑袋，她以一种圣人般的行为来报复弟弟。她搀着他走路，扶他坐下，给他盖上披肩，把他当成一个行动不便的老人。

　　保罗本能地表现得非常顺从。姐姐这种陌生的态度起初令他十分困惑。尔后，他想揍她；但从生下来便注定的决斗规则教他要表现得不失分寸。再说，这种被动的态度迎合了他的惰性。伊丽莎白掩饰住内心的恼怒。这一次，他们又创造了一种斗争的方式，一种精神上的斗争，平衡重新建立起来。

　　热拉尔再也不能忘记伊丽莎白，她在他心里渐渐取代了保罗的位置。确切地讲，他之所以那么喜欢保罗，是因为蒙马特街上的这幢房子，是因为保罗和伊丽莎白。某种神秘的力量将光环从保罗身上转移到了伊丽莎白那里——她已不再是个小女孩，而长成一个年轻的姑娘，从被男孩嘲笑的阶段一下子进入撩动男孩心弦的阶段。

因为医生的嘱咐，前一阶段他被剥夺了探视的权力，为了弥补这段空白，他说服自己的叔叔带丽兹和保罗一起去海边。叔叔是个单身贵族，拥有好几家公司。他收养了姐姐的儿子热拉尔，他的姐姐是个寡妇，生下孩子就去世了。这个好心人将热拉尔抚养成人，并会把财富留给他。他接受了旅行的提议，他也想休息一下。

热拉尔等着挨骂。结果却看到一个圣女和一个傻瓜对他表达感激之情，令他无比意外。他琢磨着这对姐弟是否在演戏，是否准备捉弄他，圣女睫毛间一闪而过的火花和傻瓜鼻翼的翕动都昭示着这是一场游戏。但很显然，这一切并不是针对他的。他掉进了新的篇章。一个崭新的阶段开始了。他必须跟上节奏，同时，他庆幸他们的态度谦恭，这预示着在这个假期里叔叔应该不会有什么值得抱怨的。

事实上，他们非但没有表现得如他所恐惧的恶魔一般，反令叔叔为其温顺的天性而赞叹。伊丽莎白装出一副可爱的模样：

"您知道，"她撒娇似的说，"我弟弟有点儿腼腆。"

"讨厌！"保罗咬着牙咕哝着。但是，除了热拉尔警觉的耳朵听到的这一声"讨厌"，弟弟就一直闭着嘴巴。

在火车上，需要一点不同寻常的力量才能让他们激动的心情平静下来。虽然在这些对世界一无所知的孩子们眼里，那几节车厢就代表着奢华，但凭着灵魂和举止里与生俱来的优雅，他们表现得对一切习以为常。

卧铺车厢让他们无可奈何地想起了自己的房间。随即，马上又想到两人正在考虑同一个问题："到了旅馆，我们就会有两个房间，两张床。"

　　保罗一动不动。伊丽莎白眯起眼睛细细打量夜灯下他那略显青蓝色的侧影。看着看着，这个深入的观察者确认：自从她实施自我封闭政策而将保罗孤立之后，本身就偏于柔弱的他，对衰弱再也没有丝毫抵抗力。他下巴的线条略显模糊，而她的下巴却棱角分明，这令她很是窝火。她总是重复地说："保罗，你的下巴！"仿佛做母亲的讲"挺直身子！"或是"把手放在桌子上"一样。他会回敬她几句粗话，却丝毫不妨碍他继续在镜子前面欣赏自己的侧影。

　　前一年，她曾想在睡觉时用夹子夹住鼻子，为了拥有一个希腊式的侧影。而可怜的保罗脖子上被橡皮筋勒出了一道红印。那以后，他就总想着怎样正面示人，或露出四分之三的侧面。

　　她和他从未想着讨好别人。这些各自的尝试都与他人无关。

　　逃离达尔热洛的王国，伊丽莎白再度的沉默，令保罗失去了争吵的快感，他的身体便开始每况愈下。他软弱的天性令他屈服。伊丽莎白猜对了。她不动声色，警惕地注视着一切蛛丝马迹。她讨厌那种享受微小乐趣的贪婪，例如猫打呼噜或舔嘴唇。不是火就是冰的天性令她无法接受温和。就像写给老底嘉教会的使者信中所说："她从嘴里将他吐出来 ①"。她是这种类型，她希望保罗

───────────

① 见《圣经·新约·启示录》第三章："你既如温水，也不冷也不热，所以我必从我口中把你吐出去。"老底嘉教会指对宗教不冷不热的人。

伊丽莎白和衣夹

也是这种类型，这个小女孩第一次坐着快车前行，却没有去听机车轰鸣的声音，而是贪婪地盯着弟弟的脸。火车疯狂的鸣叫声，仿佛狂乱的发丝，不时拂过旅行者睡意蒙眬的耳边。

6

到达目的地后，等待孩子们的却是失望。旅馆里挤满了人。叔叔住一个房间后就只剩下最后一个了，在走廊的另一端。开始想让保罗和热拉尔睡那个卧室，在相连的浴室里为伊丽莎白搭一张床，后来决定伊丽莎白和保罗睡在卧室，而热拉尔睡在浴室里。

从第一个晚上开始，情况就变得不可收拾；伊丽莎白想泡澡，保罗也是。两人冷战，各自按捺着火气，甩门而去，再猛地冲进来，最后的结果是，他们面对面泡了个澡。保罗躺在滚烫的洗澡水里，如同一根漂浮的海带，在蒸汽中露出天使般的笑容；伊丽莎白气急败坏地用脚猛踢他，挑起一场战争。第二天在饭桌上，两人还继续用脚踢着对方。叔叔只看到桌子上方他们的笑容。殊不知，桌子底下正进行着一场无声的战役。

这场拳脚之争并不是事态进一步发展的唯一原因。孩子们的魔力产生了影响。叔叔的桌子成了大伙好奇的焦点，所有旁观者都在笑。伊丽莎白讨厌与别人来往，她看不起别人；她只会远远地、狂热地迷恋一个人。至此，她迷恋的对象还只是好莱坞一流的男影星，以及有着致命魅力的女影星，这些人的巨幅海报贴满了家里的那个房间。可旅馆里没有任何新鲜的东西。住在这里的几家人都很肮脏、丑陋、贪婪。那些女孩子弱不禁风，循规蹈矩，都爱扭着脖子看那张奇妙的桌子。虽然隔着一段距离，她们的目光却一直追随着那边脚下的战争和脸上的和平，仿佛在观望一个搭建起来的舞台。

美丽对伊丽莎白而言，不过是有借口做鬼脸、夹鼻子、用抹布即兴创造出荒唐的服饰。这次的成功，并没有令她自命不凡，她反而将其发展成一种游戏，就像钓鱼对于城里人的意义一样。他们正在度假，远离那个房间，那个"苦囚犯的监狱"。忘记他们的温情，他们的诗意，他们远没有马里耶特那般对它充满敬意，他们想通过游戏来逃避那个把他们的生活拴在一起的牢笼。

假期的游戏是从饭厅开始的。伊丽莎白和保罗，不顾热拉尔的担心，在叔叔的眼皮底下玩起来，叔叔从他们一本正经的脸上根本觉察不到一点迹象。

游戏其实就是用出其不意的鬼脸来吓唬那些柔弱的小女孩，为此，要等一个绝妙的时机。潜伏很长时间之后，在平平常常、不经意的某一秒钟，当这些女孩中的某一个懒懒地坐在椅子上，眼光朝他们这一桌扫过来时，伊丽莎白和保罗开始露出一点微笑，然后突然变成可怕的鬼脸。那个小女孩吓了一跳，赶快转过头。几次这样的经历就会令她失魂落魄，最后掉下泪来。她向妈妈抱怨。妈妈看看那张桌子的人。伊丽莎白马上开始微笑，大家也都朝她微笑，那个受害者被弄迷糊了，仿佛挨了一记耳光，再

两人一起泡澡

也无法动弹。他们碰一下胳膊庆祝得分，一种同谋者的默契。回到房间，他们都放声狂笑起来，热拉尔和他们一起，差点笑得背过气去。

另一天晚上，一个非常漂亮的小女孩没有被他们一连串的鬼脸所吓倒，只是把头埋在自己的盘子里，当他们离开桌子的时候，却趁大家不注意，朝他们吐了一下舌头。这次回击令他们兴奋不已，决定性地改变了气氛。他们开始期待另一次交锋。三个孩子就像猎人和高尔夫球手那样，极度渴望重建辉煌。他们欣赏这个小女孩，讨论着游戏的方式，把规则复杂化。他们开始脏话连篇。

热拉尔求他们把声音放低，不要让水龙头里的水流个不停，不要总是把脑袋伸到水里去冲，不要打架，也不要一边挥着椅子一边喊着救命追来跑去。恨意和疯笑混杂在一起，因为他们擅长极端的转变，所以根本无法预测这两截抽风的石头哪一刻又会聚合在一起，成为一体。热拉尔既希望又讨厌这种状况。他希望这样，是因为邻居们和叔叔，他讨厌这样，是因为他和伊丽莎白在同一个阵营，而保罗是他们的对手。

很快，游戏范围扩大了。大厅，街道，海滩，滑板都将成为他们的领域。伊丽莎白强迫热拉尔跟着他们。这个可怕的团伙散开，奔跑，攀爬，蹲下，微笑，做鬼脸，散播着恐慌。大人们把这些扭着脖子，咧着嘴巴，瞪圆了眼睛的孩子拖回来。扇耳光，打屁股，关在屋子里，禁止出门。若不是发现了另一种乐趣，这灾难就会永无止境。

另一种乐趣就是偷窃。热拉尔跟着干，不敢再流露出自己的

对着旅馆里的孩子们做鬼脸的场景

胆怯。他们只是为了偷而偷。不涉及金钱的诱惑，亦非偷吃禁果的癖好，只是感受一下怕得要死的感觉。孩子们跟着叔叔进商店，从店里出来的时候，口袋里装满了没有价值、毫无用处的东西。游戏规则是严禁拿有用的东西。一天，伊丽莎白和保罗强迫热拉尔把一本书送回去，因为那是一本用法语写的书。伊丽莎白宣布，热拉尔得到宽恕的条件是去偷一件"非常难偷的东西"，"比如一把喷水壶"。

这个倒霉的家伙被姐弟俩逼着穿上了一件可笑的大斗篷，内心恐慌到极点，开始行动了。他的态度实在太笨拙，而喷水壶的突起实在太奇怪，以致五金店的老板起了疑心，久久地盯着他们看。——"走啊！走啊！白痴！"伊丽莎白低声催促着，"人家盯着我们呢。"转过危险的街角，他们松了一口气，拔腿飞奔起来。

热拉尔有一天做梦，梦见一只螃蟹夹住了他的肩膀。原来是那个五金店的老板。他叫来了警察。他们逮捕了热拉尔。叔叔取消了他的继承权……

偷来的东西里有拉杆圈、螺丝刀、转换开关、标签、四十码的帆布鞋，都堆在旅馆里面，它们是一种旅行的宝藏，正如女人们的珍珠赝品在外面晃来晃去，而真正的珍珠却被锁在保险箱里。

这些缺乏教养的孩子没有能力分辨善恶，他们的行为已构成犯罪，可行动背后深层次的动机却是幼稚而单纯：就伊丽莎白而言，只是一种本能驱使她想通过盗窃游戏来纠正保罗变得庸俗的倾向。而保罗因为被围攻，受惊吓，扮怪相，四处乱窜，说脏话，而不再拥有天使般的笑容。可以看到她本能的再教育手段达到了何种效果。

他们回家了。多亏那他们无意观赏的大海中的盐分，他们的力气长了，才能也大为提高。马里耶特差点认不出他们了。他们送给她一个胸针，那不是偷来的。

7

自此以后，房间才成了气候。仿佛一艘船终于驰入了大海，天地更宽广，海域更凶险，波涛也更汹涌了。

在孩子们那个独特的世界里，他们喜欢冲浪飞驰。但缓慢前行与创一个高速记录同样危险，就像是吸食了鸦片之后那种飘飘然的感觉。

每当叔叔出门去旅游、巡视工厂，热拉尔就会留在蒙马特街过夜。姐弟俩让他睡在一堆垫子上，盖上旧大衣。对面是他们的床，居高临下，如同剧场的舞台。这舞台的照明问题成为一出戏的缘起，序幕由此拉开。事实上是因为房间的灯在保罗的床的正上方，他用一块土耳其红棉布盖住了这盏灯。于是，整个房间充满了红色的光影，令伊丽莎白什么也看不清。她发火了，从床上爬起来，掀掉了那块红布。保罗又把它盖上去；两人揪着那块布对抗一阵以后，序幕以保罗的胜利而结束，他凭力气战胜了姐姐，又把灯给罩上了。从海滨度假回来之后，保罗就控制住了他姐姐。

每次当他起身，丽兹看到他又长高了，恐慌便油然而生。保罗不愿再扮演病人的角色，旅馆里精神疗养的结果超出了预期目标。她只能无可奈何地说："先生觉得一切都妙极了。电影妙极了，书妙极了，音乐妙极了，扶手椅妙极了，石榴汗和巴旦杏仁糖水妙极了。看看，长颈鹿，他真叫我恶心！看看他！看看。他正心满意足地舔着嘴唇！看看这副懒洋洋的德行！"她并非没有感觉到那个乳臭未干的孩子已经长成了男人。就像在赛跑时，保罗比她几乎领先了一个头。这个房间同样将这种状态呈现在大家眼前。房间的上半部分属于保罗，他不费吹灰之力就能用手或眼睛找到任何想要的东西。房间的下半部分属于伊丽莎白，当她想找什么东西的时候，她就东翻西找，钻下去，脸上的表情就像在搜寻一把夜壶。

但没过多久，伊丽莎白就找到了折磨保罗的方法，不露痕迹地重新占据了上风。一直像个男孩的她，突然回归了女人的天性，表现出一副全新的女孩模样，随时准备为他人效劳。她之所以对热拉尔那么友好，是因为预感到一个旁观者是有用的，如果有观众，对保罗的惩罚就会更有力。

房间里的剧场每晚十一点拉开帷幕。除了星期天，这个剧院没有日场的演出。

十七岁的伊丽莎白像个十七岁的样子，而十五岁的保罗却显得已有十九岁。他开始出去玩。迟迟不归。他去看绝妙的电影，听绝妙的音乐，追逐绝妙的女孩。这些女孩越有女人味，越招惹他，他就觉得她们越是美妙。

回家后，他就讲述他的艳遇，异常坦白，几近变态。这种坦率，通过他那张嘴，听起来倒没有一点罪恶，绝非厚颜无耻，而俨然是一种天真无邪的最高境界。他姐姐盘问着，冷笑着，内心极为反感。突然间，某个不会令任何人惊诧的小细节就会刺激到她。她马上变得无比严肃，抓起一张报纸，躲在展开的报纸后面，开始仔细阅读起来。

通常，保罗和热拉尔会约在晚上十一点到十二点之间，蒙马特某个餐馆的露天座上碰面；再一起回家。伊丽莎白守候着那扇通汽车的大门发出的沉闷的开合声，焦躁不安地在前厅踱来踱去。

一听到大门那头传来的声音，她就赶紧离开前厅，跑回房间，坐下来，拿起磨指甲的工具。

他们回来就会发现她坐着，头上戴着一个发罩，舌头微卷，正在打磨指甲。

保罗脱掉外套，热拉尔找到了在家里穿的便衣。姐弟俩一起帮他铺好垫子，大家安顿下来，房间的精灵便敲了三下，以示开演。

需要指明的是，这出戏里的任何一个演员，包括那个观众，都没有意识到自己在扮演一个角色。正是这种混沌的无意识状态令这出戏具有永远的活力。他们丝毫没有感觉，这出戏（或者说这个房间）正浸淫在一种神秘的氛围之中。

红棉布使整个布景都蒙上一层暗红色。保罗光着身子走来走去，铺自己的床，拉平床单，垒好枕头，把床上的东西放在一张椅子上。伊丽莎白左手支着下巴，抿着嘴，像黛奥多拉①那般严

---

① 黛奥多拉（约500—548），拜占庭帝国的皇后，查士丁尼一世之妻。

保罗洒上香水

肃，直愣愣地盯着自己的弟弟。她用右手使劲挠头皮，直到把头皮挠破。然后，她从靠枕下面找出一罐药膏，取一点涂在伤口上。

"白痴！"保罗大叫，接着又说，"没什么比这一幕更让人恶心的了——这个白痴和她的药膏！她在报纸上读到美国的女演员们擦破了皮就要涂药膏。她以为对头皮也有效……热拉尔！"

"什么？"

"你在听我讲话吗？"

"在听啊。"

"热拉尔，您能留下来真好。睡吧，别听这家伙的。"

保罗咬住嘴唇，眼中燃起了怒火。屋里一阵寂静。最后，在伊丽莎白泪水湿润的目光下，他躺下来，盖好被子，试了几种睡姿，若在床上找不到理想的舒适状态，他会毫不犹豫地掀开被子爬起来。

可这种舒适状态一旦获得，就没有任何力量能将他从床上拉起来。他不仅仅是躺着，还洒了香水；身边堆着缎带、食物、神圣的摆设，思绪飘浮，开始神游天外。

伊丽莎白等着一切安定下来，那样就意味着她要出场了，令人不可思议的是，四年间，他们每晚都上演着这出戏，居然没有一次提前解决矛盾冲突。因为，除了些许的小改动，这出戏总是如常开演。仿佛这些桀骜不驯的灵魂，遵循着某种指令，严格执行着一个令人困惑的程序，就像每个夜晚花儿都会合上花瓣一样。

改动来自伊丽莎白。她会准备一些意想不到的东西。有一次，她扔下手里的药罐，弯腰从床底下抽出一只水晶的色拉盆。色拉盆里装着一些螯虾。她用光洁的双臂环抱着色拉盆，紧紧抵在胸口，垂涎的目光在螯虾和他弟弟之间来回游移。

"热拉尔，吃个螯虾？吃吧，吃吧！来，过来，它们真叫人胃口大开。"

她知道保罗喜欢放点胡椒、糖和芥末，然后就着面包皮吃。

热拉尔站起身来。他担心惹女孩子不高兴。

"垃圾！"保罗嘟哝道。她讨厌螯虾。她讨厌胡椒粉。但她却会强迫自己，故意把嘴巴塞得满满的。

螯虾的戏得持续到保罗受不住诱惑，求她也给他一个为止。那时，她就可以任意支配他，好好惩罚一下她最讨厌的这种贪吃的毛病。

"热拉尔，您知道还有什么比一个十六岁的家伙低声下气地乞讨一只螯虾更丢脸的事吗？您知道吗？他会舔着地毯，四脚并用地爬过来。不！别给他，让他自己起来，让他过来！实在是太恶心了，说到底，这傻大个儿还不愿动弹，都快馋死了，还不乐意费一点儿劲。我不给他，是因为我替他害臊……"

接着，是神谕般的宣告。只有某些心情好的晚上，她才会仿佛听从上帝的旨意般把螯虾给他。

保罗塞住耳朵，或者抓起一本书高声朗读。圣西蒙、夏尔·波德莱尔的作品有幸被放在椅子上。等伊丽莎白宣布完，他就说：

"听着，热拉尔。"

然后继续高声朗读——

> 我爱她低俗的品位，她那颜色杂乱的裙子，
> 她那不协调的披肩，她那颠三倒四的话语，
> 和她瘦削的前额。

他朗诵着这些绝妙的诗篇，却没有意识到诗里的词句正与他们这个房间和伊丽莎白的美丽相契合。

伊丽莎白随手拿起一张报纸。模仿着保罗朗诵的腔调，读着报上的花边新闻。保罗大叫："够了，够了！"可他姐姐依然声嘶力竭地读着。

于是，保罗趁着那个疯狂读报的人被报纸遮住了视线，悄悄伸出手去，在热拉尔来得及阻止之前，用尽全力把一杯奶全泼在她的身上。

"无耻！疯子！"

伊丽莎白愤怒得差点窒息。报纸就像一块湿抹布一样贴在她的身上，牛奶淌得四处都是。保罗指望她会号啕大哭，可她却忍住了。

"来，热尔拉，"她说，"帮帮我，把那块毛巾递给我，吸掉牛奶，把报纸拿到厨房去。我，"她低声咕哝着，"本来正要把螯虾给他……您要来一个吗？小心，牛奶淌下来了。您要毛巾吗？谢谢。"

螯虾的话题被重提，透过朦胧睡意，传到保罗耳朵里。但倦意袭来，他已不要螯虾了。仿佛一艘船起航，对美食的欲望已经

坠落，他如释重负，整个人都托付给了一条死气沉沉的河流。

重要的时刻来临了，伊丽莎白想尽一切办法来逗他，阻止他入睡。她刚才拒绝了太长时间，令他陷入了沉睡之中；此刻她起身，走近保罗的床头，把色拉盘放在他的膝盖上，可已经太晚了。

"来吧，混蛋，我可不坏。你会吃到你的虾。"

可怜的人抬起睡意沉沉的脑袋，肿胀的双眼已睁不开了，嘴似乎已不再呼吸。

"来吧，吃啊。你想要，还是不想要。不吃我就走了。"

于是，仿佛死刑犯总要尽力再看一眼这个世界一样，保罗半张开了嘴巴。

"真要亲眼看到才会相信。嗨！保罗！嗨，这边！你的螯虾！"

她剥掉虾壳，把虾肉塞进他的牙齿里。

"他在梦里嚼呢！你看，热拉尔！看看，太奇怪了。多馋啊！他就是这么不害臊……"

兴致勃勃的伊丽莎白动作娴熟，继续喂着保罗。她的鼻翼翕动，微微伸着舌头，严肃而耐心，像极了一个疯女人拼命喂着已死去的孩子。

经历这意味深长的一幕之后，热拉尔只记住了一件事情：伊丽莎白对他以"你"相称了。

第二天，他也试着对她称"你"。他担心会挨一记耳光。不料，她却接受了相互间称呼的改变，热拉尔从中体会到一种更深层次的亲近。

伊丽莎白和螯虾

8

　　房间里的夜晚会持续到凌晨四点，于是孩子们醒得也晚。十一点左右，马里耶特送来加了牛奶的咖啡。他们任由它凉掉，倒头再睡。第二次醒来时，冷的牛奶咖啡已经失去了吸引力。第三次醒来时，他们干脆就不起床。牛奶咖啡会在杯中结起一层皱皱的皮。他们最喜欢的是，打发马里耶特去楼底下刚开不久的夏尔咖啡馆，让她带三明治和开胃酒回来。

　　这个布列塔尼女人无疑更希望他们能让她做一顿丰盛可口的饭菜，但她保留了自己的想法，心甘情愿地为满足这些孩子们的奇思异想而忙前忙后。

　　有几次，她会催他们起来，把他们推到桌边，强迫他们吃饭。

　　伊丽莎白在睡衣外披了件外套，坐下来，神情恍惚，支着下巴，一只手贴在脸上。她的姿态完全就像希腊神话里那些充满寓意，代表着科学、农业或是月份的女神的姿态。保罗则几乎没穿衣服，在椅子上晃来晃去。两人各自闷声不响地吃着，仿佛那些大篷车里的小丑，在演出的间歇稍事休息。白天令他们压抑。他

饭桌前的伊丽莎白

们发现白天很空虚。有一股暗流席卷着他们飘向夜晚，飘向那个房间，只有在那里，他们才得以重生。

马里耶特知道怎么打扫卫生又不破坏孩子们搭建的那一种无序。四五点的时候，她就在角落那个改成堆放衣物的房间里缝缝补补。晚上，她会准备一顿夜宵，然后回家去。那个时间点上，保罗正在空旷的大街上游荡，追寻着波德莱尔十四行诗里的那种女孩。

独自留在家中的伊丽莎白，则会缩在家具的角落里，神情倨傲。她只有要买一些出人意料的东西时才会出门，随后就匆忙回家将它们藏起来。她从这间屋子晃到另一间屋子，那间死过人的房间令她感到不安与厌恶，那个死去的女人与活在她心中的妈妈毫无关系。

随着白天的消逝，这种不安愈渐浓重。于是，当夜色降临的时候，她就躲进了自己的房间。她直挺挺地站在屋子中央。房间暗下来，沉下去，这个孤儿任由自己被暮色淹没，两眼发呆，垂着双手，仿佛一个船长伫立在自己的船上。

9

这样的房子，这样的生命，会让那些理智的人无比惊愕。他们无法理解，这种看起来只能持续两周的混乱居然会延续好几年。然而，出人意料的是，不合情理的房子与问题重重的生命确实如此存在着，且为数众多。不过，理智没有搞错一点：如果说自然本身是一种力量，那正是这种力量推动着一切事物走向衰亡。

这些独特的生命及其反常的举止正是（排斥他们的）这个世界的魅力所在。人们因其飓风般的疯狂而恐慌，但这些悲剧、轻浮的灵魂却只能在这样的飓风中呼吸。这一切因幼稚而开始；我们起初只看到他们在玩游戏而已。

三年过去了，蒙马特街的节奏依然如此单调，而那种疯狂的强度亦从未减弱。伊丽莎白和保罗，仿佛停留在童年，继续生活在一对摇篮里。热拉尔爱着伊丽莎白。伊丽莎白和保罗深爱着对方，但又相互折磨。每隔两周，总会有那么一次，在深夜的闹剧谢幕后，伊丽莎白收拾行李，宣布自己要住到旅馆去。

永远是如此狂乱的夜晚，如此懒散的上午和如此漫长的下午，孩子们在下午总是失魂落魄，犹如大白天的鼹鼠。有时候，伊丽莎白和热拉尔会一起出去玩。保罗则随心所欲，特立独行。而他们在外面看到的和听到的并不属于他们自己。他们是一条永不更改的法则的忠实奴仆，他们会像蜜蜂一样，把一切带回房间，然后从中酿出蜜来。

这些可怜的孤儿们从不会想到生活本是一场战斗，他们生活在一种非同寻常的状态里，命运对他们的宽容，蒙蔽了他们的眼睛。他们觉得医生和热拉尔的叔叔照顾他们的生活都是很自然的事。

富有是一种天分，贫穷也一样。一个变得富有的穷人只会显出一种披戴奢华的贫穷。而这些孩子是如此富有，再没有任何财富会改变他们的生活。若钱财在他们睡着的时候降临，他们醒来也会对此毫无察觉。

他们驳斥对安逸生活与简单习性的偏见，并且无意识地援引了一位哲学家说的话："温柔而轻松的生活蕴含着令人赞叹的能量，却被工作糟蹋了。"

未来的计划、学业、工作、步伐，他们概不关心，仿佛一只富贵的狗根本不屑去当牧羊犬。他们读着报上关于犯罪的新闻。他们是出离常规的一类人，在纽约这样军营般的城市会被约束、改造，因而，他们更喜欢生活在巴黎。

同样，他们无视按部就班的人生，直到某一天，突然，热拉尔和保罗在伊丽莎白身上看到要顺应规矩的倾向。

她想找一份工作。她厌倦了这种保姆般的生活。随保罗去做他想做的事吧。她十九岁了，她感觉自己在枯萎，她不愿再多过一天这样的生活。

"你知道吗，热拉尔，"她重复说，"保罗是自由的，而且，他也没有能力，一无所长，他就是一头驴子，是一个蠢蛋。我得为自己寻找出路。再说了，如果我不工作的话，他会变成什么样？我得工作，我能找到一个职位。必须得这样。"

热拉尔明白。他刚刚明白过来。一种新的欲望装点着这个房间。保罗喷了香水，正准备要出发，听到了这些新鲜的、以一种严肃的口吻滔滔不绝侮辱他的话。

"可怜的孩子，"她接着讲，"我们得帮他。他还有病，你知道的。医生……（不，不，长颈鹿，他睡着呢），医生让我很不安。想想一个雪球就能把他打倒在地，令他休学。这不是他的错，我不会怪他的，但我可得负担起这个病人。"

"恶毒，哦！真恶毒。"装睡的保罗心里想着，内心的起伏导致面部肌肉的抽搐。

伊丽莎白觉察到了，马上闭口不谈这个话题，作为一名施刑专家，她又重新开始征询，开始讲哀怜保罗的话。

热拉尔不同意她的意见，他认为保罗气色不错，还提到他的身高、他的力量。伊丽莎白则反驳说他虚弱、贪嘴，而且意志薄弱。

直到保罗再也忍不住，他翻了个身，假装醒了，她温柔地问他是否想要什么东西，并且转换了话题。

保罗十七岁了。从十六岁开始，他便像有二十岁。鳌虾，糖果都无法再满足他。他姐姐也调整了对待他的方式。

假寐令保罗处于 种极其不利的位置，他更愿意参与论战。他爆发了。伊丽莎白的抱怨也立即变成了痛骂。说他的懒惰是罪恶的，无耻的。他是在谋杀他的姐姐。而他还心安理得地由她照顾着。

而伊丽莎白在保罗嘴里，就变成了一个自吹自擂的人，一个可笑的人，一头毫无用处、什么事都干不成的母驴。

要反击的欲望迫使伊丽莎白决定付诸行动。她恳求热拉尔把自己推荐到一家有名的大服装公司，因为热拉尔认识那个女老板。她要成为售货员。她要工作！

热拉尔带她去见了那个女裁缝，后者惊叹于伊丽莎白的美丽。不幸的是，售货员必须懂行。所以她只能让伊丽莎白当她的模特。她已经有了一名叫阿加特的孤儿；于是就把伊丽莎白托付给阿加特，在那个环境中，伊丽莎白没有什么好怕的。

售货员？模特？对伊丽莎白而言没有任何区别。再说，让她当模特的提议为她提供了登上舞台的机会。合同签好了。

这一成功还带来一个有意思的结果。

"保罗会（气得）服毒自杀的。"她预言道。

然而，这可不是一出喜剧，保罗不知吃错了什么药，突然进入一种狂怒的状态，指手画脚、大叫大嚷地说自己可不想成为一个婊子的弟弟，她还不如去街边拉客呢。

"我会在那儿拉到你的。"伊丽莎白反唇相讥，"我可受不了。"

"再说了，"保罗又冷笑道，"你也不看看你自己，可怜的家伙。你会显得非常可笑。一个小时之内，就会有人用脚把你踢翻。模特？你站错地方了吧。你该去当稻草人。"

模特的小间里有股异常焦虑不安的气息。人在其中会感受到第一天上学的那种恐慌，仿佛新生面临着恶作剧。伊丽莎白从一片仿佛没有止境的昏暗里走出来，登上聚光灯照射下的舞台。她感觉自己很丑，料想着最坏的结果。然而她青春飞扬的美丽却击伤了那些浓妆艳抹、疲惫不堪的女孩，也冻结了她们的讥讽。这些人嫉妒她，转身离开。这种孤立令人非常难受。伊丽莎白努力模仿她的同伴；她留意到她们走路的方式，先是冲着客户而去，仿佛要向对方征询公开的解释，而一旦走到对方面前，又转过身背对对方，做出一副不屑一顾、高傲的样子。可她的类型与众不同。人们给她换上朴素的裙子，这令她显得更加娇嫩。她超越了阿加特。

一种伊丽莎白从未经历过的、命中注定的温柔友情将两个孤儿联系在一起。她们有着相似的不安。在走场中间，她们穿着白色的工作服，缩在皮毛里，交换书籍，倾吐心声，相互温暖着心房。

阿加特真是与他们的房间完全契合，这简直就像在工厂里，一块由地下室里某个工人制造的零件，最终与顶楼的工人制造的零件完美匹配。

伊丽莎白希望弟弟会有点抗拒感。"她有个玻璃弹子的名字 ①",她预先告诉保罗。保罗则宣称她的名字很响亮,宛如那些最美丽的诗歌里清脆的韵脚。

---

① 阿加特(Agathe)在法语中与玛瑙(agate)的发音相同。

10

　　将热拉尔的爱从保罗转到伊丽莎白身上的那股力量，同样将阿加特从伊丽莎白那里带到了保罗身边。相对而言，后者更加容易接近。阿加特的出现令保罗感到了内心的波动。几乎未假思索，他就把这个孤女归入了美妙事物的一类。

　　只不过，他未曾意识到，自己是把对达尔热洛众多迷乱的梦想都转嫁到了阿加特身上。

　　直到某天晚上，女孩子们参观房间的时候，才揭开这令人惊骇的秘密。

　　伊丽莎白在介绍他们的百宝箱时，阿加特抓住那张阿达莉的剧照，大叫起来：

　　"你们有我的照片？"她的声音是那么古怪，保罗从他那张棺材般的床上抬起头来，用手肘撑着伸长了脖子，仿佛安第诺埃修道院里的年轻教徒。

　　"这不是你的照片。"伊丽莎白说。

　　"确实，衣着不一样。可真是不可思议。我要带走它。简直是

保罗发现阿加特像达尔热洛

一模一样。就是我，是我。这是谁？"

"这是个男孩子，小顽固。这是孔多塞中学里用雪球砸保罗的那个家伙……他跟你很像，确实。保罗，你看看阿加特是不是跟他很像？"

不曾料想，这种相像似乎不易察觉，其实只待一个展现的时机，而此刻时机到了。热拉尔认出了那个致命的侧影。阿加特挥着那张白色的照片转向保罗，而保罗在暗红色的光影里，恍然看到达尔热洛正挥着雪球，胸口又受到一击。

他垂下头：

"不，我的姑娘，"他声音微弱，"这张照片是像你，但是你们真人并不相像。"

这句谎言令热拉尔忐忑不安。两人的相像是显而易见的。

事实上，保罗从不轻易触动内心那座火山。灵魂深处的那些东西太珍贵，他总害怕自己会因此而显得笨拙。可这位美妙的人儿却站到了火山口上，被笼在令人晕眩的蒸汽之中。

这个夜晚，保罗和阿加特之间织起了一张交错纵横的网。复仇的时光推翻了曾经的特权。那个骄傲的达尔热洛伤了一颗无法释怀的爱慕之心，而今却化为眼前这个腼腆的少女，保罗要征服她。

伊丽莎白把照片扔回了抽屉。第二天，却在壁炉上又看到了它。她皱起眉头，一言不发，只是思索着。突然，灵光一现，她发现保罗贴在墙上的所有罪犯、侦探、美国明星的照片都像那个孤女和扮阿达莉的达尔热洛。

所有他喜欢的面孔都很相像

　　这一发现令她陷入一种无法言明的纷乱，几近窒息。太过分了，她想，他居然偷偷摸摸干了这种事。他作弊。因为他作弊了，她也要回敬他。于是，她开始故意接近阿加特，故意忽视保罗，不再对他表现出一丝的好奇。

　　那两张脸的相像是事实。发现这一事实令保罗无比震撼。他曾经追随的那个家伙，竟然一直悄然无息地追随着他。他以为并没有为其控制。可事实上，他浑然未觉这家伙对他的影响和他自己对姐姐的影响，宛若两道无法置换的直线与他们混乱的生活形成鲜明对比。就像希腊式的门楣，这两道在根部对立的线条，正沿着相交的路途，最终将在顶部重合。

　　阿加特和热拉尔也挤在这不合常理的房间里，这屋子越来越像吉卜赛人的营地，就差马匹与褴褛的衣衫了。伊丽莎白提议让阿加特住进来。马里耶特准备把她安顿在那个空房间，因为对阿加特而言，那里不会给她带来任何伤感的回忆。"妈妈的房间"对伊丽莎白和保罗而言是令人痛苦的，每当他们看到它，想起它，或是站在那里等待暮色降临，皆是痛苦。可一旦打扫干净，收拾亮堂，晚上就可以让阿加特住进来了。

　　阿加特在热拉尔的帮助下，运了几个箱子回来。她早已了解他们的习惯，不眠夜，困倦，争执，狂风骤雨，风平浪静，夏尔咖啡馆和那里的三明治。

　　热拉尔总在模特专用出口接两个姑娘。一起或四处闲逛或回到蒙马特街。马里耶特为他们准备的晚餐早就冷了，他们会一边吃一边四处晃，就是不坐到饭桌旁。第二天，布列塔尼女人就会四下里收拾蛋壳。

保罗想尽快享受命运给他的补偿。但他又学不会达尔热洛的样子，不会模仿他的傲慢，于是便采用了他们游戏里惯用的武器：用粗俗的话来折磨阿加特。伊丽莎白帮着阿加特回敬他。于是保罗就利用阿加特的顺从软弱来伤害他的姐姐。四个孩子都在这场游戏中找到了乐趣：伊丽莎白发现了一种令对话变得复杂的方法，热拉尔得到了休整喘息的机会，阿加特为保罗的蛮横无理而意乱神迷，保罗自己则感觉到了因为蛮横无理所享有的权威，他不是达尔热洛，若不是有阿加特为借口辱骂姐姐，他永远也无法体会到这种权威。

阿加特心甘情愿地充当牺牲品，因为她感觉这个房间充满了爱的魔力，最剧烈的冲击也并无实质性的伤害，而只是让一切更加芬芳、充满活力。

她是一对吸毒者的女儿，父母虐待她，最后双双吸煤气自杀。女装公司的一个管理者住在同一幢楼里，他收养了她，并把她带到自己的老板那里。她先是打打下手，然后就得到了试穿裙子当模特的机会。她在那里熟悉了打架，谩骂，阴险的恶作剧。而这个房间不一样：这里的一切只会叫人想起波涛拍岸，劲风袭来，调皮的雷电脱去牧羊人的衣服。

虽然一切都不同，但吸毒的家庭早已教她懂得阴影、威胁，她忘不了那些把家具砸烂的追打，也忘不了每天晚上吃的冷肉。于是蒙马特街任何似乎能吓倒一个少女的东西都不会令她惊讶。

她毕业于一所严酷的学校，那所学校的体制已在她的眉宇间印下了一些孤僻的痕迹，而孩子们把这种印迹误会成了达尔热洛的傲慢。

这个房间从某种意义而言，把她从地狱带到了天堂。她在生活，在呼吸。没有什么会令她担忧，即使她的朋友们最后也沾染上毒品，也绝不会令她发颤，因为他们的举止本就像为一种天然的毒品所左右，吸毒对他们而言，只会让白的更白，黑的更黑。

然而，他们有时候会因狂乱的幻想而困惑；仿佛屋里放满了发疯的哈哈镜。于是，阿加特变得伤感，寻思着这种天然的神秘毒品是否也一样苛求，是否所有的毒品都会让人最后吸煤气自杀。

而压在她心头的巨石一旦落下，重建的平衡便会赶走她的忧虑，令她安心。

但毒品是存在的。伊丽莎白和保罗天生血液里就流淌着这种奇异的物质。

毒瘾每隔一段时间就会发作一次，变换着方式。这种方式的改变，这种周期性现象的不同阶段，不是一蹴而就的。其过程让人难以觉察，还存在着一片混乱的中间地带。一切都朝着相反的方向发展，以构建出新的图景。

在伊丽莎白，甚至是保罗的生活中，游戏的地位越来越小。把心思全放在伊丽莎白身上的热拉尔也不再玩它。姐弟俩偶尔还会尝试，却因为无法达到那种境界而恼火。他们没法出发了。他们感觉心不在焉，在幻想时也总会有干扰。事实上，他们走向了别的地方。原来幻想时可以投射到自身之外的状态中断了，他们

把心不在焉称为一种新的阶段，在这一阶段里，他们更加深入自
己的内心。拉辛①式的悲剧情节替代了诗人接送凡尔赛庆典上众
神的布景。他们的庆典显得杂乱无章。自省需要一种他们无力做
到的有条不紊。他们只看到黑暗和多愁善感的幽灵。"他妈的！他
妈的！"保罗愤怒地狂叫。每个人都抬起头。保罗因无法去到幽灵
的地方而生气。这句"他妈的！"表明他情绪恶劣，他的游戏被中
断了，原因是突然间想起了阿加特的一个动作。于是他将自己失
败的责任归结到阿加特身上，冲她发脾气。发怒的原因过于简单，
以至于身在其中的保罗与身在事外的伊丽莎白皆猝不及防。因思
绪混乱而正试图换个思路的伊丽莎白，飞快地抓住了这个走出自
我的机会。她误解了弟弟因爱而生的怨恨，心想："阿加特惹恼了
他，因为她长得像那个家伙。"同样笨拙的两个人，因为无法解读
原本可以解开先前心结的地址，便借着阿加特之由，又开始对骂。

　　叫嚷得太厉害之后，嗓子都嘶哑了。唇枪舌剑的速度变慢，
最终停止，战士们发现自己被现实困住了，它侵占了他们的梦想，
动摇了他们童年般单调、并不真正具有伤害性的生活。

　　伊丽莎白在把照片扔进百宝箱的那一天，是怎样令人难以抵
御的本能，是怎样一种内心的思绪令伊丽莎白的手犹豫了一下？
也许正是这种不同寻常的本能和思想促使保罗用那一种警觉而颓
丧的声音说"把它放进去"？这张照片永远令人难堪。保罗说这话
的时候，就像一个被当场抓住的罪犯，努力装出一种快乐的表情，

① 让·拉辛（1639—1699），法国剧作家，与高乃依和莫里哀一起被称为十七世纪法
　国最伟大的三位剧作家。

随便编了一个谎言；伊丽莎白毫无热情地接受了，带着一种嘲讽的表情离开房间，仿佛她很早就知道保罗和热拉尔在密谋对付她。

此时，他们终于看到，抽屉的寂静是怎样慢慢地侵蚀、毁坏了那张照片，至于保罗把阿加特手上的照片当成了那颗神秘的雪球，那可绝不是什么好玩的事情。

/　第二部分　/

11

几天以来，这个房间仿佛船儿在不停地颠簸摇晃。伊丽莎白用一连串隐晦的词句暗示着某件保罗所无法理解、未能参与的美妙事情（她坚持用美妙这个词），以此来折磨保罗。她把阿加特当成知己，把热拉尔当成同谋，在秘密将要被泄露之时，就会使眼色制止他们，这种方式出乎意料地取得了成功。保罗被好奇心折磨得仿佛热锅上的蚂蚁。只是骄傲阻止着他去找热拉尔或是阿加特打听消息，当然了，伊丽莎白应该早就以翻脸来威胁这两位，不许他们透露风声。

好奇心控制了保罗。驱使着他去伊丽莎白称为"艺术家出口"的地方窥察这三个人，他发现一个运动型的青年和热拉尔一起等在时装公司门口，用车子接那两个女孩。

这天晚上的演出达到了高潮。保罗把姐姐和阿加特都当成令人厌恶的荡妇，而热拉尔就是皮条客。他准备离开这个家，那样她们就能把男人往家里带了。这其实早就可以预见。所有的模特都是荡妇，最下贱的妓女！她姐姐就是一只发情的母狗，她把阿加特和热拉尔也牵扯进来，对，热拉尔，他该对这一切负责。

阿加特哭了。尽管伊丽莎白用平静的声音说："随他去，热拉尔，他真可笑……"热拉尔还是生气了，他解释说这个年轻男子认识他叔叔，他叫米夏埃尔，是个美国籍的犹太人，拥有一笔巨额财富，他们正打算结束这场游戏，让保罗结识米夏埃尔。

保罗大声叫嚷着拒绝认识这个"卑鄙下流的犹太人"，他还要在第二天他们约会的时候去抽他的耳光。

"真卑鄙！"他接着说，眼中充满仇恨，"热拉尔和你把这个小东西也牵扯进去，你们把她推到犹太人的怀抱里，你们还想卖了她吧！"

"您搞错了，我亲爱的，"伊丽莎白说，"我很友好地通知您，您走上了一条错误的道路。米夏埃尔是为我而来的，他想娶我，我也很喜欢他。"

"娶你？娶你？你疯了吧，也不照照镜子看看自己，你又丑又笨，根本嫁不出去！你比白痴还白痴！他是在取笑你，在捉弄你吧！"

他爆发出一阵神经质的大笑。

伊丽莎白早就知道，对方是不是犹太人根本不是问题，无论对保罗还是对她自己而言。她感到快慰，心情很激动。似乎这房间都盛不下她的喜悦。她多么喜欢保罗这样笑啊！他下巴的线条变得那么冷酷！将弟弟激怒到这种地步是多么开心的事情！

第二天，保罗感到自己很可笑。他承认自己的那些辱骂过分了。忘记了自己曾经以为那个美国人是冲着阿加特来的，心里想：

"伊丽莎白是自由的。她可以结婚，可以嫁给任何人，我才不在乎。"他不明白自己发火的原因。

他继续赌气，但渐渐地，他就同意去见米夏埃尔了。

米夏埃尔跟他们的房间形成完美的对比。那种反差是如此绝对、如此鲜明，以至于他们中没有任何人想着把他带到房间里来。他对他们而言就代表着房间之外的世界。

第一眼，就可以看出他是那种脚踏实地的人；大家知道他几乎享有这世界上一切该有的东西，或许只有他的跑车会让他偶尔头脑发热。

这个电影里的英雄形象打消了保罗的成见。保罗不计前嫌，有点着迷了。除了米夏埃尔沉沉地入睡而那四个同谋者躲在房间的时间，这一帮人就总是一起开着车四处闲逛。

在他们夜晚的游戏里，米夏埃尔也并没有丧失地位。他们在其中想着他，赞扬他，仔细地打造着他的形象。

当第二天再次见面时，他丝毫没有觉察自己是受了类似《仲夏夜之梦》里那个提塔尼娅对于沉睡者所施魔法的恩泽。

"为什么我不嫁给米夏埃尔？"

"为什么伊丽莎白不嫁给米夏埃尔？"

他们即将实现两个房间的梦想。一种惊人的速度推着他们走向荒谬，激发了对房间的规划，仿佛一对连体而生的孪生姐弟，野心勃勃地在采访中倾谈了他们未来的计划。

唯有热拉尔一个人有所保留，但他只是转过头。他从来不敢奢望能娶到这个女占卜师，这个神圣的处女。确实就该像在电影里一样，只有某个不了解这处圣地防守态势的年轻车手，才敢行动，将她掳走。

房间的一切继续，他们的婚礼也开始准备，平衡完好无损，是那种小丑在舞台中央堆起一叠椅子的平衡，一直垒到所有的观众感到厌倦为止。

令人眩晕的厌倦取代了那种麦芽糖略显乏味的厌倦。这些可怕的孩子们已品尝到过多的混乱，过多富于强烈刺激性的大杂烩。

米夏埃尔用另一种眼光看待这一切。若是告诉他，将与其订婚的是一位圣殿中的处女，肯定会惊到他。对他而言，他只是爱上了一个迷人的女孩，要娶她。他将高高兴兴地送她位于星形广场①的公寓，汽车和财富。

伊丽莎白为自己装修了一间路易十四风格的房间。剩下的都交给米夏埃尔，包括客厅、音乐室、体操房、游泳池，还有一个相当可笑的巨大长廊，集聚了书房、餐厅、弹子房、击剑室，有着可以俯视树木的高高的落地玻璃。阿加特跟着她住过来。伊丽莎白为她留了一个小套间，在他们的套房上层。

阿加特想象着与原来他们那个房间诀别后的灾难。她偷偷地哭泣，因为那个房间的魔力，因为与保罗的亲密。以后的夜晚将会变成什么样？姐弟俩的分离将会产生怎样的奇迹？这样的分离，

---

① 星形广场，位于巴黎市中心，香榭丽舍大街尽头，凯旋门旁，属于"富人区"。

丈　夫

这样的世界末日，这样的海难，并没有令保罗和伊丽莎白痛苦不安。他们没有考虑过自己的行为所带来的直接或间接的后果，就像一部杰出的戏剧，无需操心其情节的发展与结局。热拉尔牺牲了自己。阿加特则顺从保罗的意愿。

保罗说：

"很简单。热拉尔的叔叔不在的时候，他可以住在阿加特的房间（他们再也不把那个房间称为'妈妈的房间'了），如果米夏埃尔出门去了，女孩们就可以搬回来住。"

"女孩们"这个称谓表明保罗并不理解这场婚姻，他脑中对未来的想象是很模糊的。

米夏埃尔想说服保罗也住到星形广场的公寓里。可他拒绝了，他坚持要独居的念头。于是米夏埃尔便与马里耶特商量妥当，由他来支付蒙马特街的一切费用。

新郎巨额财富的管理者们出席了简短的婚礼。米夏埃尔决定，在伊丽莎白和阿加特搬家的这段时间，他要去埃兹① 待一周，那里正在盖楼，建筑师等着他的指令。他钻进跑车。夫妇生活将在他回来后开始。

但这个房间的精灵守望着。

还需要写明吗？在夏纳和尼斯之间的路上，米夏埃尔死了。

他的跑车车身很矮。他脖子上长长的围巾飘起来，卷进了车

---

① 埃兹，法国南部的小村庄，在尼斯和摩纳哥公国之间，建于陡峭岩壁之上，临地中海，景色极佳。

米夏埃尔之死

轮。围巾勒住他的脖子，切掉了他的头，而车子失去控制，直冲
到一棵树上，撞毁了，变成一堆寂静的废铁，只剩下一个轮子，
在空中越转越慢，仿佛摇奖机的转轮。

12

　　遗产，签字，与理事的会面，黑纱，疲惫一下子压倒了这个只办过结婚手续的年轻女人。热拉尔的叔叔和医生无需再掏钱，所以尽力帮忙。但他们并没有得到更多的感激。伊丽莎白只是将自己身上所有的担子都推给了他们。

　　与理事们的会谈中，他们将财产清点、计算、折现，得出一些令人无法想象的数字。

　　我们前面提到过富有是一种天性，任何财富都无法超越保罗和伊丽莎白的天性。这次的遗产就是最好的佐证。悲剧对他们的震撼远胜于财产。他们爱米夏埃尔。婚礼及他的死亡，那种种不可思议的经历，将这并不神秘的生命投射到了神秘的领域。那条有生命的围巾，在将他勒死的同时，为他打开了房间的门。若非如此，他永远也无法进入。

　　蒙马特街上，保罗在与姐姐相互厮打的岁月里所梦想的那种独居的状态终于实现了，然而，却因阿加特的离去而显得令人无法忍受。这一计划所带来的后果已超出他原本自私的口味；因为年龄的增长，他有了新的欲念，这种状态便失去了意义。

虽然这些欲念尚未成形，保罗却发现自己觊觎的孤独没有带来任何好处，相反，只留给他一种可怕的空虚。借着萎靡不振的缘由，他同意了搬到姐姐家住。

伊丽莎白给了他米夏埃尔的房间，与她自己的房间隔了一个巨大的浴室。仆人们，包括三个混血儿和一个黑人总管，想回美国去。马里耶特就雇了自己的一个老乡。司机留了下来。

保罗几乎刚住进来，整个家就发生了变化。

阿加特一个人住楼上害怕……保罗在那张装着圆柱的床上睡不好……热拉尔的叔叔去了德国视察工厂……总之，阿加特睡到了伊丽莎白的床上。保罗拖着他的被子，在沙发上建起了自己的岗亭，热拉尔也堆好了睡垫。

自从车祸之后，米夏埃尔就住在这个抽象的、能在任何地方搭建起来的房间里。神圣的处女！热拉尔说得有理。无论是他、米夏埃尔还是世界上任何一个人，都无法占有伊丽莎白。爱向他揭示了这个令人难以理解的领地，这个领地将他与爱隔离，入侵其中要付出生命的代价。假设米夏埃尔能拥有圣女，他也无法占有圣堂，唯有死了才能进入。

13

　　大家记得新的公寓里有一个长廊，既是弹子房，又是书房，又是餐厅。不止一个用途，结果一无是处，因而很是古怪。一条带状的楼梯地毯穿过右边的地漆布通到墙边。进门左侧，在一个类似吊灯的东西下，有一张饭桌、几把椅子、一组能随意折叠的灵巧的木屏风。这几扇屏风隔出饭厅和书房的雏形，书房里的沙发、皮扶手椅、可以转动的书架、地球仪，毫无风格可言地聚在一起，围着一张桌子，一张建筑师使用的桌子，上面放着一盏台灯，那是整个长廊里唯一的光源。

　　余下的空间，尽管放了几把摇椅，还是显得空空荡荡，然后就是那个因为孤立而异常古怪的弹子房。警戒的光线透过高高的玻璃窗投射在天花板上，那是楼外底下的光源，如同一排射灯，将整个屋子都笼罩在一种舞台化的月光里。

　　置身其中，会令人联想到昏暗的灯笼，移动的玻璃窗，入室盗窃之人悄无声息的脚步。

　　这样的寂静，这样的灯光，又叫人回忆起那场雪，曾经，蒙马特大街上，那间似乎悬在空中的客厅，以及雪仗开始之前，被雪覆盖、缩得宛若一道长廊的整个蒙蒂耶区。那是同样的孤独、等待，以及在玻璃窗点衬下苍白的外墙。

这间屋子仿佛是建筑师的规划里一个不同寻常的失误，就像忘了建造厨房或是楼梯，发现时却已太晚。

米夏埃尔重新整顿了房屋，却没能解决这个难题。然而在米夏埃尔身上，出现计算错误，反倒是一种生命迹象的显现，如同机器通人性的时刻，懂得了让步。这死气沉沉的屋子中，那一方死角正是生命不惜一切代价要占据的藏身之处。被一堆钢筋水泥和无情的风格所围堵的她，就躲在这个巨大的角落里，颇有些落难公主的神气，仿佛是胡乱带了一些东西逃亡而来。

欣赏这幢楼的人评价说："没有过多的修饰。简约到极点。对一个千万富翁而言，倒真是不简单。"然而那些迷恋纽约、忽视这个长廊的人，则并不怀疑（绝不会比米夏埃尔更怀疑）它是多么的美国化。

这样的建筑远比钢筋和大理石堆砌的好上千倍，因为它体现了一个有着众多神秘社团的城市[①]的风格——神智学者，基督科学会，三 K 党，强加于继承者某些神秘考验的遗嘱，葬礼俱乐部，转动的桌子和爱伦·坡的梦游。

这里就像疯人院的接待室，过世的人现形、远远地通报死亡信息的理想布景，亦让人联想到犹太风格的教堂、殿堂，四十层

---

① 此处指纽约。

大厦的天台上，女人们点着蜡烛，弹着管风琴，仿佛住在哥特式的教堂里，因为纽约消耗教堂里所用那种大蜡烛的量超过卢尔德、罗马或世界上任何一座圣城。

　　长廊就像为孩子们惶恐不安时而生：当他们不敢穿过某些走道，当他们醒来，听到家具的响动，门把手转动。

　　这间杂乱而超乎寻常的屋子，就是米夏埃尔的宽容，他的微笑，他灵魂中最好的东西。它揭示了他身上的某些特质，在他遇见这些孩子之前就已经存在，正是这些东西令他与孩子们相配。它证明将他排除在房间之外是不公平的，证明了他的婚姻和悲剧都是命中注定。一个巨大的秘密因此变得透明：伊丽莎白嫁给他，既不是为了他的财富、他的力量，也不是为了他的高雅、他的魅力，而是为了他的死亡。

　　孩子们在整栋楼里四处寻找着他们的房间，却没有查看这个长廊。在两个家之间，这些孩子就像是游荡着的痛苦灵魂。彻夜不眠的已不是在天亮鸡叫的时刻就逃走的轻浮的幽灵，而是飘浮、游荡着的焦虑不安的幽灵。他们终于拥有了各自的房间，却都不愿放弃从前的那一个，他们或是愤怒地把自己关起来，或是在两个房间之间彷徨游走，步伐充满敌意，嘴唇紧闭，目光凌厉得有如刀锋。

　　这个长廊并不是没有对他们施展魔法。但它的召唤使他们有点儿害怕，阻止了他们跨过那道门槛。

不过，他们也已经注意到它最独特的品质，那绝非微不足道的长处：长廊仿佛是一艘只用一只锚系泊的船，可以朝各个方向漂移。

无论他们在其他哪一间屋子，都不可能确认长廊的方位，可是当他们走进长廊，却能清楚地知道自己与其他房间的相对位置。仿佛是由厨房里隐约传来的响动所指引。

这种响动和魔法般的效应令人想到跟随脐带杂音、半醒半睡的胎儿时期，也会想到那些峭壁之上的瑞士旅馆，打开窗户，就看到冰川正在街的另一边，那么近，那么近，像是由钻石砌成的楼房。

现在，该由米夏埃尔带着他们去应该去的地方，用一根金芦苇来丈量界限，向他们指明所在 ①。

一天晚上，保罗在赌气，伊丽莎白不让他睡觉，他便甩门离开，躲进了长廊里。

他并没有刻意去观察。却感觉到了一股强烈的气息，立刻记住，并分类归整了其用途。

---

① 《圣经·新约·启示录》第二十一章中讲到，在大患难结束，撒旦被囚禁到无底深渊之后，天使带领约翰上高山，看到了新耶路撒冷的降临，并用一根金芦苇丈量新的圣城："约翰接着道：'对我说话的，拿着金芦子当尺，要量那城和城门、城墙。城是四方的，长宽一样。天使用芦子量那城，共有四千里，长、宽、高都是一样；又量了城墙，按着人的尺寸，就是天使的尺寸，共有一百四十四肘。"
此处指属于他们的"新的房间"（如同圣城）将在长廊里形成。

几乎是一走进这空空荡荡的长廊，面对这一连串神秘的阴影和错落的灯光，他就变成了一只警觉的猫，不放过任何东西。他的双眼发亮。停下来，环顾四周，嗅着气味，他无法将这里与蒙蒂耶的房间等同起来，无法找到那种雪夜的寂静，却肯定地辨认出某种前生已见过的东西，恍若隔世。

他仔细观察着书房，起身，将屏风拖过来，将一把扶手椅围起来，躺在里面，脚搭在一个凳子上；心满意足地准备出发。然而所有的家具都飘走了，却剩下了他自己。

他感到痛苦。因为骄傲而痛苦。他在那个酷似达尔热洛的人身上的复仇行动以惨败告终。阿加特征服了他。但是他没有明白自己爱她，她以温柔征服了他，他没有意识到被征服的重要性，反倒是傲气十足，脾气暴躁，奋起反抗他所以为的这个魔鬼，这个魔鬼般命中注定的东西。

要想用一根橡皮管将一个水槽中的水转移到另一个水槽里，一个简单的引导就足够了。

第二天，保罗就开始行动，为自己建起一个貌似德塞居尔夫人①在《假日》中描述的那种小屋。用屏风围起来，形成一扇门。这个杂乱的领地上方敞开着，仿佛参与着这屋子某种超自然的生存。保罗搬来了石膏像、百宝箱、书本、空盒子。脏衣服堆成一堆。一面大镜子映照着全景。一张折叠床取代了扶手椅。红棉布盖在了那盏台灯上面。

---

① 塞居尔夫人（1799—1847），十九世纪法国儿童文学作家。

房间（中国城）

伊丽莎白、阿加特、热拉尔先来参观了一下，随后，感觉生活无法远离这令人激动的地方，都随着保罗搬了进来。

大伙儿恢复了活力。他们支起帐篷。享受着那一片月光和阴影。

一周以后，热水瓶代替了夏尔咖啡馆，屏风只围出了一个房间，一个为地漆布所环绕的孤岛。

自从分开住以后，伊丽莎白和保罗就因为一种氛围的消失而脾气越来越坏（一种没有任何激情的坏脾气），阿加特和热拉尔有点受不了，就经常结伴出去。如同两个同病相怜的人，他们深厚的友谊源自两人所承受的相同的痛苦。就像热拉尔对待伊丽莎白那样，阿加特把保罗放在比自己高的位置上。两人都默默地爱着，从不抱怨，更不敢表露自己的爱。自下而上地仰视、深爱着自己的偶像：阿加特的雪人，热拉尔的铁处女。

他们谁都未曾奢望自己的虔诚与热忱会换得那双姐弟的任何感情，除了和蔼亲切的态度。偶像们对自己宽容就已无比美好，他们怕那个永恒的梦想太过沉重，当感觉自己是其负担时，便敏感地躲开。

伊丽莎白忘记了她所拥有的汽车，司机的存在提醒了她。一天晚上，她带着热拉尔和阿加特去兜风，留下保罗一个人。保罗沉浸在自己的世界里，发现了自己的爱情。

那是他出神地盯着那酷似阿加特的相片时发现的，这一发现令他僵住了。满眼都是她。仿佛那些辨认花体字的人，一旦看出交织在一起的字母，便再也看不到无意义的线条。

这里就像女演员的化妆间，屏风上满是蒙马特街上那些撕下来的杂志图片。突然间，这些图片从罪犯和演员们的脸庞上绽放开来，犹如中国池塘里的睡莲，在破晓时分骤然开放，带着一片无止尽的亲吻般的声响。保罗心中的那个人刹那间显现出来，仿佛有一屋子的镜子照着同一个人，反射出千万个映像。他从达尔热洛开始，通过阴影下被选中的几个最不起眼的女孩，又与轻巧隔板上的那些脑袋相重叠，最终化为阿加特。要经过多少的准备、勾勒与修改才能发现爱！他曾以为自己是那个女孩与同学相像巧合的牺牲品，这一刻，才发现命运是如何准备着武器，如何花时间瞄准，慢慢找到了他的心脏。

保罗隐秘的口味——那种怪异家伙的口味，在此并未起到任何作用，因为命运在上千个年轻的女孩中间，挑选阿加特成为伊丽莎白的同伴。因此，要追溯到吸煤气自杀事件才能找到责任人。

保罗从这一奇遇里清醒过来，若这突如其来的发现不是为爱所困的话，他定会有无比意外的感觉。或许，他原本可以注意到命运如何工作，如何慢悠悠地模拟着织工的梭子，用针将我们穿透，把我们像垫子一样固定在其膝盖上。

在这个几乎没有整理、不适合安定下来的房间里，保罗幻想着他的爱情，开始并没有把阿加特与任何实际的形象联系起来。他只是独自陶醉。猛然间，他看到镜子里自己放松的脸，不禁为自己原来那么愚蠢、总是皱着眉头的样子感到羞愧。他曾想以牙还牙，用痛苦回敬痛苦。想不到自己的痛苦变成了快乐。他得尽

快地用快乐回敬快乐。他有这个能力吗？他爱她，但并不意味着
这种爱是相互的，并不意味着他有一天能得到她的爱。

他从未想获得阿加特对自己的尊敬，因此，她那种尊敬的态
度便让他怀疑是不是对他的反感。想到此处的痛苦与当时他那种
自以为是、骄傲的痛苦截然不同。这念头侵占了他，撕裂了他，
迫使他想得到一个答案，令他坐立不安。他得行动，寻找合适的
方式。他绝不敢讲出来。再说了，到哪里去讲呢？他们共同生活
的方式与他一贯蓄意作对的作风，令这一切变得非常困难，在他
们那种混乱的生活里，鲜有一些特殊的事情可以在某些特殊的日
子里讲出来，很可能他讲的话都不会被当真。

于是，他就想写出来。仿佛一颗石子掉入湖水，刚刚打破湖
面的平静；第二颗石子可能会带来他所无法预见的其他后果，会
代他决定一切。这封信将是偶然的牺牲品。它有可能落到大家手
里，也有可能只被阿加特看到，然后就要看她的态度了。

他掩饰着自己的慌乱，假装一直赌气到第二天，以便趁机写
这封信，并且不让他们发现他脸红害羞的样子。

保罗的这种表现令伊丽莎白很恼火，让可怜的阿加特很灰心。
她以为保罗讨厌她而躲着她。第二天，她就病了，在自己单独的
房间里躺着休息，也在房间里用餐。

在与热拉尔两个人惨兮兮地面对面吃过晚饭以后，伊丽莎白
就催他到保罗那边去，求他努力走进保罗的房间，为他做点吃的，
了解他为什么生气，而她则去照顾得了感冒的阿加特。

保罗和他的信

保罗把信放在前厅

她发现阿加特正趴在床上哭，头埋在枕头里。伊丽莎白脸色
苍白。这个家中不对劲的状态唤醒了她内心深处某个沉睡的角落。
她嗅到一种神秘，寻思着是怎么回事。她的好奇心无边无际。她
宽慰着那个可怜的人儿，安抚她，听她讲心里话。

"我爱他，那么爱他，他却看不起我。"阿加特抽噎着说。

原来是为了爱情。伊丽莎白笑了：

"小傻瓜，"她以为阿加特讲的是热拉尔，笑着说，"我很想
知道他凭什么看不起你。是他跟你讲的吗？不是，那是怎么回
事？他可真有福气，这个蠢货！如果你爱他，他得娶你，你得嫁
给他。"

阿加特泪如雨下，为这个姐姐的简单直率而震惊，同时感到
安慰，因为伊丽莎白非但没有嘲笑她，反倒提出一种令她不敢设
想的解决方式。

"丽兹……"她抵着这个年轻寡妇的肩膀，喃喃地说，"丽兹，
你真好，你太好了……可他并不爱我。"

"你肯定吗？"

"这不可能啊……"

"你知道，热拉尔是个腼腆的男孩……"

她继续说着，用手搂着阿加特，抚慰着她，可阿加特突然间
起身说：

"可是……丽兹……我不是讲热拉尔。我讲的是保罗！"

伊丽莎白站起身来。阿加特结巴了：

"对不起……原谅我……"

伊丽莎白睁大了眼睛，垂着双手，虽然站着，却感觉自己在下沉，仿佛在原来那个生病的妈妈的房间里，仿佛看到一个不认识的死人取代了自己的妈妈，她盯着阿加特，看到的不再是一个哭泣的小姑娘，而是一个阴沉的阿达莉，一个潜入他们家里的小偷。

她得了解情况，于是先竭力控制自己，走到床边。

"保罗！这真是令人吃惊。我从来没想过……"

她又恢复了那种很亲切的语调。

"真是意外！很滑稽。让人吃惊啊。讲讲，快讲讲。"

她重新伸手将阿加特搂在怀里，哄着她，信口编着贴心的话，想要花招弄明白那种隐秘的情感究竟是怎么回事。

阿加特擦干了眼泪，擤了擤鼻子，任由伊丽莎白摇着她、说服她。她敞开心扉，对伊丽莎白坦陈了她自己从没敢想的感情。

伊丽莎白听这个谦卑的姑娘讲述着自己的心声，那种崇高的爱。姑娘的头抵在保罗的姐姐的肩膀上，顶着她脖子，讲啊讲，但是，她若看到正机械地抚摸着她头发的那只手上方，是一张法官般冷酷无情的脸，一定会惊恐不已。

伊丽莎白离开了她的床。她笑道：

"听着，你好好休息吧，冷静下来。这很简单，我会问问保罗。"

阿加特惊得直起身子。

"不，不，别让他知道！求求你！丽兹，丽兹，别对他讲……"

"你别管了，亲爱的。你爱保罗，如果保罗也爱你，那一切再好不过。我不会出卖你，放心吧。我会装着什么也不知道，去打听打听，然后就会弄清楚的。相信我，睡吧，别走出你的房间。"

伊丽莎白走下楼梯。她穿着一件法兰绒睡衣，腰上系了一根领带。这件睡衣长长地拖着，有点碍手碍脚。但她如机器般下楼，仿佛被某种机械系统控制住了，耳边只听到齿轮转动的声音。这一系统操纵着她，阻止那件睡袍的下摆卷到她的拖鞋之间，指挥着她向右，向左，开门，关门。她感觉自己像个机器人，为了完成某些动作而被组装起来，除非在半途出了故障而报废，否则就必须完成使命。她内心乱成一团，耳朵嗡嗡作响，思想根本无法与这充满活力的脚步相协调。幻想让人听到那思考中正在走近的沉重步伐，却又给了我们一种比飞翔还要轻盈的表象，就像是结合了那种雕像般的重量，与沉入水底后失重般的飘飘然。

伊丽莎白脑中空空，沿着走道前行，心事重重，却又飞一般轻快地走着，仿佛那睡袍令她的脚腕四周沸腾冒泡，变成了原始人传说里的神灵。她的脑袋里只有一些模糊的声音，胸口像有伐木工人砍树时有规律的敲打声。

由此，这个年轻的女人便无法再停下脚步。房间的精灵已经附在她身上，指挥着她的行动，就像其他任何一个神灵附在商人身上，避免破产；附在海员身上，拯救船只；附在罪犯身上，捏造不在场的证明。

她径直走到那通往长廊的小楼梯前。热拉尔正好从那里出来。

"我正要去找你，"他说，"保罗很奇怪。他让我去找你。阿加特怎么样了？"

"她头痛，需要睡一会儿。"

"我上去看看她……"

"别去了。她在休息。回我的房间吧。我看着保罗的时候，你就在我房间里等我。"

确定热拉尔会顺从地听她的话行事之后，伊丽莎白走了进去。一瞬间，那个原来的伊丽莎白觉醒了，她凝视着虚幻的月光下、虚幻的雪景中那似是而非的游戏，闪闪发光的地漆布，同样会反光的零零落落的家具，以及屋子中央如一座中国城池般不可侵犯的领地，那些守护着房间的可随意折叠的高墙。

她绕过去，拿开一张报纸，看到保罗正坐在地上，上身和脖子靠在被子上，他在流泪。这泪水并不像为被摧毁的友谊而流，也不同于阿加特的眼泪。他的泪集聚在睫毛之间，泪珠慢慢变大，溢出来，间隔很长，顺着脸颊淌下来，最终抵达半张着的嘴巴边上，稍作停留，再聚合在一起，往下流。

保罗等着那封信所产生的可怕结果。阿加特不可能没有收到信。这种没有回音的状态与等待折磨着他。那些他所承诺过的谨慎、沉默都离他而去。他不惜一切代价想知道结果。不确定性实在令人无法忍受。伊丽莎白从阿加特那里来，他就问了她这件事。

"什么信？"

伊丽莎白若是照其本性行事，无疑会引起争吵，而那些辱骂会很快令她分心，会让保罗警觉而沉默，或者回应，比她叫得更

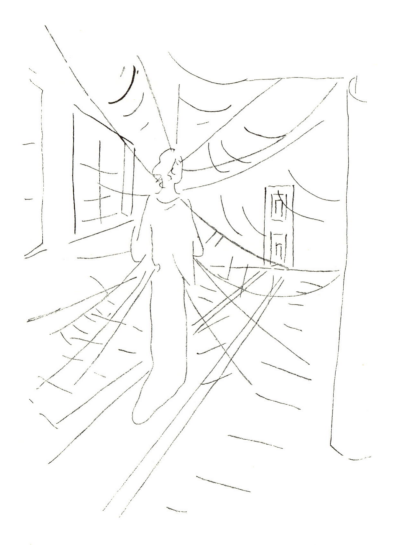

伊丽莎白之夜（她开始行动）

响。然而在一个温柔的法官面前，他承认了一切。他坦白了自己的发现，自己的笨拙，自己的信，并求姐姐告诉他阿加特是否拒绝他。

接二连三的打击只是令这个机器人改变指令并重新启动。这封信令伊丽莎白感到恐怖。阿加特是否知道这封信，她是否在欺骗自己？她是否忘记了打开那封信，还是认出了笔迹，正在展开信纸？她也会出现在这里吗？

"等一下，"她说，"亲爱的，等我一下，我有一些重要的事要跟你讲。阿加特没有跟我讲你那封信的事。一封信并不会飞走。得找到这封信。我再到楼上去一下，马上就回来。"

她跑了，回想起阿加特的那些抱怨，心想是否那封信被放在前厅而没有人拿到。热拉尔从不看信。如果信被留在下面，那它应该还在那儿。

信确实在那里。黄色的信封被揉皱了，蜷成一团，如同一片落叶，放在一个托盘里。

她打开灯。那确实是保罗的笔迹，一种坏学生拙劣的字迹，但信封上写着他自己的地址。保罗写给保罗！伊丽莎白撕开信封。

这个家里的人根本不在乎信纸，他们可以在任何东西上写信。她展开一张方格纸，一页没有署名的信纸。

阿加特，别生气，我爱你。我真是个白痴。我一直以为你要折磨我。我发现我爱你，如果你不爱我，我会死的。我

伊丽莎白之夜（屏风）

跪下来恳求你给我一个答复。我很痛苦。我在长廊里不会
走开。

伊丽莎白微微伸着舌头，耸了耸肩。地址和信封上是一样的，
意乱情迷的保罗慌忙中把自己的名字写在了信封上。她了解他的
风格。本性难移。

假设这封信没有被遗忘在前厅，而是像铁环游戏一样又回到
了保罗手里，他一定会灰心丧气，撕碎这页纸，丧失希望。她得
避免让他承受这样可怕的后果。

她来到门厅的盥洗室，将信撕得粉碎，不留一点痕迹。

回到可怜的男孩身边，她说自己是从阿加特的房间里回来的，
阿加特睡了，信扔在衣柜上：一个黄色的信封，里面露出一张厨
房的纸。她认出了这个信封，因为保罗的桌上有相同的一叠。

"她没有开口提到这封信吗？"

"没有。我甚至希望她永远不要知道我看过这封信。而且，最
好什么也不要问她。她会回答说，根本不明白我们想说的是什么。"

保罗根本想象不到这封信的结局会是这样。他的渴望令他总
是设想着成功的情景。他没有料到这样的深渊，这样的窟窿。满
眼的泪水直往下流。伊丽莎白安慰着他，详细地描述着那个女孩
向她倾吐心声的一幕，她对热拉尔的爱，热拉尔对她的爱以及他
们结婚的计划。

"真奇怪，"她又着重强调，"热拉尔没有跟你透露。可能是我

伊丽莎白发现了保罗的信

把他唬住了，我迷惑了他。你不一样。他大概以为你会嘲笑他们。"

保罗一言不发，品味着这无法接受的真相所包含的苦涩。伊丽莎白继续编造她的故事。保罗疯了！阿加特是一个单纯的小姑娘，热拉尔是一个善良的男孩，他们是天生的一对。热拉尔的叔叔老了。热拉尔就会变得富有、自由，可以娶阿加特，建立一个资产阶级式的家庭。他们的好运不会有任何障碍。如果保罗横插一杠，就会导致一个悲剧，令阿加特陷入恐慌，叫热拉尔失望，毒害他们的未来是可怕的、罪恶的，是的，相当于犯罪。保罗不可以这样。他太任性。但他若是思考一下，就会理解这样的任性根本无法对抗相互的爱慕。

伊丽莎白讲啊讲，一个小时里，不断地为正义的一方辩护。她越说越激动，仿佛迷恋上了辩护词，直说得声音呜咽起来。保罗低着头默默承受，完全落入她的手掌之中。他发誓会保持沉默，若是那对年轻的恋人来向他宣布这件事，他要显得高兴。阿加特对于那封信的沉默态度证明了她决定忽略此事，认为那只是保罗一时兴起，她并不会记恨在心。但是，因为有了这封信，热拉尔可能已经意外发现，会显得有点尴尬。订婚会解决一些问题，令这对恋人分散注意力，接下来的新婚旅行则将彻底消除那种尴尬。

伊丽莎白擦干保罗的眼泪，亲吻他，替他掖好被子，离开了长廊。她得继续完成自己的使命。直觉告诉她杀人犯都是连续出击，不能中途休息。她继续自己的行程，脚步沉重而又轻盈，仿佛夜晚的蜘蛛，拖着丝，不知疲倦地将罗网遍布到黑夜的每个角落。

伊丽莎白之夜

她在自己的房间里见到了热拉尔。他正等得心焦：

"怎么样？"他大叫道。

伊丽莎白粗暴地打发他。

"你从来不会改掉这个大叫大嚷的毛病。你不叫就不会说话了。唉，保罗病了。他太笨，自己根本不知道。只消看他的眼睛、他的舌头就知道他发烧了。医生会告诉我们这是流感，还是旧病复发。我让他好好卧床休息，别再见你了。你就睡在自己房间吧……"

"不，我走了。"

"留下来，我有话对你说。"

伊丽莎白声音严肃。她让他坐下，自己在屋里走来走去，问他对阿加特打算怎么办。

"什么怎么办？"他问道。

"你还问'什么'？"她的声音干巴而专横，问他是不是在寻开心，是不是知道阿加特爱他，希望能跟他结婚，不明白为什么他保持沉默。

热拉尔瞪大了惊诧的眼睛。胳膊垂下来：

"阿加特……"他结结巴巴地说，"阿加特……"

"对，阿加特！"伊丽莎白愤怒地大吼起来。

说到底，他真够迟钝的。那些和阿加特一起散步日子早就该让他明白了。渐渐地，她将一个年轻女孩的信任转化成了爱情，并以一连串的证据来说明、证实，搅得热拉尔心绪不宁。她又补充说，阿加特很痛苦，她以为热拉尔爱伊丽莎白，这是很可笑的，因为无论如何，她伊丽莎白所拥有的财富，令她变得不可征服。

热拉尔恨不得钻到地洞里去。因为这句粗俗损人的话几乎不是伊丽莎白的风格，她对金钱的问题从来没有概念，这令他感到一种前所未有的恐慌。她利用这种恐慌来达到目的，使劲地打击他，不许他再用这么颓丧的眼神看她，他得娶阿加特，而且绝不能泄露他只是个抚慰者。热拉尔的糊涂迫使他独自承担了这个角色，因为伊丽莎白绝对无法忍受阿加特认为是她伊丽莎白破坏了他们的幸福。

"走吧，"她最后说道，"这是件好事。去睡吧，我要到阿加特那里去向她宣布这个消息。你爱她。狂热的爱情让你不知所措。醒醒吧。恭喜你。来拥抱我，告诉我你是这世界上最幸福的男人。"

热拉尔惊得目瞪口呆，他木然地走过来，在这个年轻女人的指挥下发了誓。她将他关在屋子里，又继续编织她的网，上楼去找阿加特。

在这起谋杀案的所有受害者中，只有这个小姑娘做出了最顽强的反抗。

她在这些打击下摇摇欲坠，却依旧不肯让步。伊丽莎白解释说保罗没有能力爱，他不爱她是因为他不爱任何人，他在摧毁他自己，这个自私的魔鬼同样会摧毁一个轻信他的女人；再说，热拉尔与保罗正相反，他拥有一个优秀的灵魂，正直，而且爱她，能够保证她的未来，经历了一场忘我的挣扎之后，疲劳击垮了阿加特，她被压抑感紧紧勒住，神情迷糊起来。伊丽莎白看着她垂在被子外面的头发一绺绺粘着，仰面朝天，一只手抵着伤痛处，另一只手则像一块小石头那样搭在地上，一动不动。

伊丽莎白将她扶起来，给她扑了点粉，向她保证保罗不会知道她的心事，只要阿加特很高兴地通知他自己与热拉尔的婚事，他就永远也不会想到这件事。

"谢谢……谢谢……你真好……"不幸的人儿抽泣着说。

"别谢我，睡吧，"伊丽莎白说，接着，离开了她的房间。

她停了一秒钟。仿佛卸下一副担子，感到非同寻常的平静。在快要走完最后几级楼梯时，突然她的心又狂跳起来。她听到了一点动静。当她刚抬起脚的时候，她看到保罗走过来。

他的白色睡袍照亮了黑暗的角落。伊丽莎白立刻意识到他是在梦游，在蒙马特街的时候，这个病经常发作，通常由某件不愉快的事情引发。她靠在楼梯的栏杆上，一只脚还悬在空中，不敢移动一丝一毫，害怕保罗会因此而惊醒，问她关于阿加特的事。但保罗根本没有看到她。他的目光在这个女人身上停留的时间并没有比某盏路灯下多一秒，他看着楼梯。伊丽莎白因心跳的喧杂声而惊恐不已，伐木工人一下下猛烈的砍树声很响，她怕保罗会听见。

保罗停了一会儿，便折回去了。她放下早已麻木的脚，听着他渐渐远去，随后回到了自己的房间。

隔壁的房间悄无声息。热拉尔睡了吗？她站在梳妆台前。镜子吓了她一跳。她垂下眼睛，洗她那双可怕的手。

伊丽莎白之夜（阿加特）

伊丽莎白看到梦游的保罗经过

伊丽莎白洗着自己可怕的双手

14

热拉尔的叔叔感觉自己的病很严重，订婚和结婚仪式在一种假装的欢快氛围里匆匆完成，每个人都在演戏，仿佛在比赛：看谁更加勇敢、宽容。一种致命的沉寂压在那些亲密的仪式边缘——保罗、热拉尔、阿加特的过分愉悦令伊丽莎白难以忍受。她以为凭她灵巧的手腕将他们三个从一场灾难里拯救了出来，多亏她，阿加特不必成为保罗放荡的牺牲品，保罗亦没有毁于阿加特的低劣；她对自己重复说，热拉尔和阿加特属于同一种层次，他们通过我们而相遇，一年以后，他们会有自己的孩子，他们会为这一切而庆幸；她忘记了那个可怕的夜晚自己所有的行为，仿佛已从一场噩梦中惊醒；她认为自己曾像一个智慧的保卫者那样为他们安排好一切；可这所有的想法皆是枉然，如今面对这些不幸的人，她不由自主地感到一种慌乱，害怕让他们三个人待在一起。

她对每个人都有把握。他们之间微妙的关系是一种保证，可以确保他们不会相互对质——因发现真相而生气，并将此归因于一种蓄谋破坏的恶意。可是什么样的恶意？为什么有恶意？什么样的动机？伊丽莎白问自己，却找不到答案，从而安心了。她爱这几个可怜的人儿。她是出于关心，出于激情，才制造了这几个受害者。她研究他们，帮助他们，将他们从一种困境中拉出来而令其毫无察觉，他们的未来会证明她选择的正确性。这一艰苦的工作费尽了她的心思。必须得这样。必须得这样。

"必须得这样。"伊丽莎白一再重复。这就像一次危险的外科手术，她的刀子就像一把解剖刀。那天晚上必须得决定，并实施麻醉，进行手术。她为结果恭贺自己。但阿加特的笑声却令她陷入沉思，她重新在桌边坐下，听着这虚假的笑声，看到保罗难看的脸色，热拉尔佯装的快乐，她又疑惑起来，她要忘却那些无法改变的细节，赶走焦虑不安的感觉和那个不寻常夜晚的幽灵。

他们去蜜月旅行时，就剩下姐弟俩单独在一起。保罗日渐衰弱。伊丽莎白搬进了他的领地，守护着他，不分日夜地照顾他。医生搞不明白他怎么又病倒了，他从未见过这些症状。这个用屏风隔出来的房间令他诧异，他希望能把保罗转移到一间舒适的房间去。可保罗不愿意。他裹着笨重的被子。被红棉布遮暗了的光照着伊丽莎白，她坐在那里，两眼直直的，双手捧着脸颊，流露出对保罗深切的关爱。这块红布为病人的脸颊上了点色，让伊丽莎白产生了错觉——仿佛当年消防车的灯光令热拉尔产生错觉一样——给这个从此只活在谎言里的女子一些安慰。

叔叔的去世召回了热拉尔和阿加特。他们定居在拉斐特街，没有接受伊丽莎白坚决的邀请，她本想让出一层楼给他们。她预言这对夫妇会相处融洽，拥有平庸的幸福（他们只配拥有这个），以后会害怕公寓这边乱糟糟的氛围。保罗担心他们住过来。他松了口气，当伊丽莎白对他讲他们的决定：

"他们发现我们的方式可能会搅乱他们的生活。热拉尔没有直截了当地讲，他担心我们会把阿加特带坏。我对你发誓，我绝没有瞎说。他变成了他叔叔那样。我听他讲话，目瞪口呆。我寻思着他是不是在演戏，他有没有意识到自己的可笑。"

夫妇俩偶尔会来星形广场吃顿午饭或者晚饭。保罗会起来，到楼上的餐厅去，在马里耶特看来，那种尴尬又重新开始了，这个布列塔尼女人忧伤的目光瞥到了一种不幸。

15

一天早上，大家正要吃早饭。

"猜猜我今天遇见了谁?"

热拉尔兴高采烈地问保罗，保罗疑惑地噘起嘴。

"达尔热洛!"

"不会吧?"

"真的，朋友，就是达尔热洛!"

热拉尔那天过马路，驾着一辆小车的达尔热洛差点轧到他。他刹住了车；他已听说热拉尔继承了遗产，正管理着他叔叔的工厂。他想参观其中的一家。他就是那种从不会迷失方向的人。

保罗问他是否有变化。

"就那样，好像更苍白了些……看起来真像是阿加特的兄弟。他对人再也不那么傲慢了。他非常、非常地和善。他在印度支那和法国之间来回跑，是一个汽车品牌的代理。他把热拉尔带到了自己宾馆的房间，还问他是否与'雪球'保持联系……呃，这个叫'雪球'的家伙……就是指保罗。"

"然后呢?"

"我回答他说我还经常见你。他就问我:'他是不是还那样喜欢毒药?'"

"毒药?"

阿加特跳了起来,惊得发呆。

"当然,"保罗挑衅般大叫起来,"毒药,那东西太妙了。在课堂上,我总是梦想着拥有毒药(更确切地讲,应该是:达尔热洛梦想拥有毒药,而我模仿着达尔热洛)。"

阿加特问那是用来干什么的。

"没什么用,"保罗回答说,"只是为了拥有它,拥有毒药。那多棒啊!我渴望拥有毒药就像渴望有蛇怪和曼德拉草①一样,就像我有一把手枪。是的,我们知道它就是我们关注的毒药。它就是毒药。绝对奇妙!"

伊丽莎白表示赞同。她赞同是因为房间的守护神,是为了与阿加特作对。她很喜欢毒药。蒙马特街上,她曾经造过假的毒药,装在盖封印的小瓶子里,贴上令人毛骨悚然的标签,编了一些阴森可怖的名字。

"太恐怖了!热拉尔,他们疯了!你们最终会被送上刑事法庭的。"

阿加特这种资产阶级式的反抗令伊丽莎白心花怒放,因为这就证明了她曾经给这对年轻夫妇下的定义,说明她没有说谎、诽

---

① 一种具有魔幻功效的植物。

达尔热洛拿着毒药出场

谤。她朝保罗眨了眨眼睛。

"达尔热洛，"热拉尔接着说，"给我看了来自中国、印度、安第斯、墨西哥的毒药，那些弓箭上的毒，酷刑用的毒，复仇用的毒，祭祀用的毒。他笑着跟我讲：'告诉"雪球"，我从中学到现在就没变过。我曾想收集毒药，我现在就收集了。拿着，把这小玩意给他吧。'"

热拉尔从口袋里掏出一个用报纸包着的小包。保罗和他姐姐急不可待地围上来。阿加特则留在屋子的另一端。

他们打开报纸。里面还包着一层宣纸，撕开时像棉絮，再里面是一个拳头大小的深色小球。用刀切过而留下的一道淡红色、闪亮的伤痕。除此之外，它就像是一块灰土色的松露，散发出的气味时而像新鲜的泥土味，时而像刺激的洋葱味，时而又像芳香的天竺葵味。

大家默不作声。这个小球带来了寂静。它既让人迷恋，又叫人厌恶，仿佛几条蛇缠在一起打成的结，我们以为只有一条蛇，结果却发现好几个头。它散发出一种死亡的气息。

"这是种毒品，"保罗说，"他吸毒。他不会给我们毒药的。"

他伸出手去。

"别碰它！"热拉尔制止了他，"无论是毒药还是毒品，达尔热洛给你了，但是建议你千万不要去碰。再说了，你太没有头脑，我是绝不会把这个脏东西留给你的。"

保罗发火了。他采纳了伊丽莎白的说辞：热拉尔很可笑，他自以为是他叔叔，等等……

"没有头脑?"伊丽莎白冷笑着说,"你们看着吧!"

她把这个小球用报纸包起来,追着她的弟弟围着桌子跑,一边大叫着:

"吃啊,吃啊。"

阿加特逃开了。保罗蹿起来,用手护着脸。

"看看怎样没头脑! 怎样的英雄气概!"伊丽莎白喘着气嘲笑道。

保罗回敬说:

"白痴,你自己吃吧。"

"谢谢。我会死的。我不要太幸福,我会把我们的毒药放进百宝箱里。"

"这气味太强烈,会跑出来,"热拉尔说。"把它装在一个铁皮盒子里吧。"

伊丽莎白把小球包好,装进一个干的旧饼干筒,消失了。她走到那个放着宝藏的衣柜前,那上面散乱地放着手枪、有胡子的石膏像、书,她把抽屉打开,把铁盒子放在达尔热洛的那张照片上面。她的动作很慢,小心翼翼的,舌头微微伸着,就像一个用魔魔法害人的女人,把一枚小针刺进蜡人身上。

保罗仿佛又看到了自己在学校里的样子,模仿着达尔热洛,只谈论野蛮人、带毒药的箭,为了激起达尔热洛的赞赏,还计划着利用一种在贴邮票的胶水里下毒的方式进行大屠杀,奉承讨好一个魔鬼,没有一刻仔细想过毒药是真正会害死人的。达尔热洛会耸耸肩，转身离开，只把他当成一个无能的丫头。

不过，达尔热洛从来没有忘记这个听话的小奴隶，此时来给他奖励了。

这个小球的存在激发了姐弟俩的活力，房间里充斥着一股玄秘的力量。它成为一群叛逆者中活力十足的炸弹，就像一位年轻的俄国女子，胸中充满激情和爱恋。

此外，保罗很高兴，因为他表现得与众不同，（据伊丽莎白所说）热拉尔希望避免阿加特受到此种影响，而他顶撞了阿加特。

伊丽莎白也很高兴，因为她看到了从前那个保罗欢迎怪异之物，接纳祸害，保留了百宝箱的意义。

这个小球对她而言，象征着平庸氛围的反面，令她憧憬着阿加特的影响逐渐消失的未来。

但这样一个小玩意还不能治愈保罗的病。他变得孱弱、消瘦，没有胃口，精神萎靡不振。

16

　　星期天，公寓里保留了盎格鲁撒克逊人的习惯，整个家的用人都放假。马里耶特准备好了保温瓶、三明治，就和她的同乡一起出门了。帮着他们打扫的司机开走一辆车，负责接送会面的客人。

　　这个周日，下着雪。伊丽莎白听从医生的嘱咐，合上窗帘，在自己的房间里休息。那是下午五点钟，保罗从中午开始就在打瞌睡。他求姐姐让他一个人待着，听医生的话回她自己的房间去。伊丽莎白睡着，做了这样一个梦：保罗死了。她穿过一个像长廊一样的森林，因为，在树木之间，从高高的玻璃窗上洒下来的光线被阴影隔开。她看到弹子房、椅子和桌子装点着一片林中空地，她想着："我必须到达忧郁山。"在这个梦里，忧郁山变成了弹子房的名字。她走着，飘荡着，可就是到不了。她累得躺下来，睡着了。突然保罗叫醒了她。

　　"保罗，"她大叫起来，"保罗，你没死？"

　　而保罗回答说：

　　"不，我死了，可你也刚刚死了；所以你能看到我，而我们会

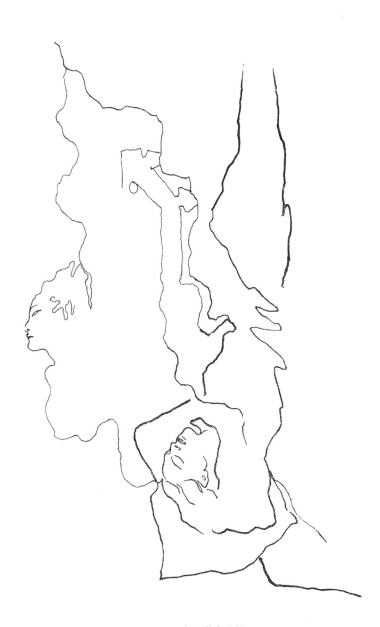

伊丽莎白的梦

永远生活在一起。"

他们一起重新出发。走了很长一段路以后，终于到达了忧郁山。

"听。"保罗说（他用手指着自动计时器），"听永别的铃声。"计时器正在全速转动，整片空地回响着一种电报发射的声音……

伊丽莎白惊醒过来，汗透全身，坐在自己的床上。门铃正在拼命地响。她想到家里没有用人了。她一边沉浸在自己的噩梦里，一边下了楼梯。一股白色的狂风把头发蓬乱的阿加特卷进了门厅，她大叫着：

"保罗呢？"

伊丽莎白回过神来，真正从梦中清醒了。

"什么，保罗？"她说，"你怎么啦？他想一个人待着。我想他正在睡觉吧。"

"快点，快点，"来访者喘着气说，"快跑，他写信给我说他要服毒自尽，我到的时候已经太晚了，你已经远离他的房间。"

马里耶特四点钟的时候把信送到了热拉尔家。

阿加特摇着伊丽莎白，后者惊呆了，正在琢磨自己是不是还睡着，这是她前面那个梦的延续。两个年轻女人跑着。

白色的树，狂风呼啸在长廊里，仿佛继续着伊丽莎白的梦境，那边，弹子房依旧是忧郁山，一次地震留下的遗迹，现实无法脱离噩梦。

"保罗，保罗！回答我们！保罗！"

点着灯的领地上没有声响。传来一股恶臭。她们一走进去，就

8

两个女人发现了垂死的保罗

发现了灾难。年轻的女人辨认出了那一股丧礼般的香气，松露、洋葱、天竺葵黑中带红的味道，充溢着整个房间，传遍了长廊。保罗缩在那里，穿着与他姐姐一样的法兰绒睡袍，瞳孔放大了，脸已经变得难以辨认。雪反射的光从上面洒下来，随着狂风忽明忽暗，阴影在面具般青灰色的脸上晃来晃去，只有鼻子和脸颊上有光。

椅子上，剩下的一小块毒药，一个细颈水瓶，达尔热洛的照片，乱七八糟地堆在一起。

一出真正的悲剧与我们想象的没有丝毫的相同点。它的简单，它的伟大，它那怪异的细节令人惊诧得无语。两个女人先是吓呆了。但必须承认并且接受仿佛不可能的事实，他们认出了保罗。

阿加特扑过去，跪下来，证实他还在呼吸。她依稀看到一线希望。

"丽兹，"她恳求道，"别愣在那里了，快穿好衣服，有可能这可怕的东西只是一种毒品，一种无害的毒品。找热水瓶，跑去找医生。"

"医生在打猎……"可怜的人嗫嚅着说，"星期天，一个人也没有……一个人也没有。"

"找热水瓶，快！快！他在呼吸，他冻坏了。要一个汤壶，让他喝点滚烫的咖啡！"

阿加特的冷静让伊丽莎白很惊讶。她怎么还能触摸保罗，还在说话，还在努力地忙着？她怎么知道需要一个汤壶？她怎么能用理性的力量去对抗这种命中注定的大雪和死亡？

她突然振作起来。热水瓶在她的房间里。

"给他盖上被子！"她在屋子的另一头喊过来。

保罗在呼吸。这种状态已持续了四个小时，他曾想过这毒药是否只是某种毒品，这种毒品的大剂量服用是否能致死。现在，他过了焦虑的阶段，因为他的四肢失去了知觉。他飘起来，重新找到了曾经的那种感觉。然而，一种由内而外的干渴，一种完全失去唾液的干渴令他的嗓子和舌头都发麻，在部分还有感觉的皮肤上有种无法忍受的粗糙感。他想喝水。用手胡乱摸着，在椅子以外的地方寻找着细颈水瓶，可很快，他的脚、他的手都瘫痪了，再也不能动弹。

每当他闭上眼睛，就看到同样的场景：一个巨大的公羊脑袋，有着女人的灰色头发，死气沉沉的士兵，精疲力竭的眼睛，他们身形僵直，佩带着武器，慢慢吞吞地绕着树枝转圈，越转越快，他们站在一个传送带上，脚被固定住了。他的心跳声传递到床的弹簧上，形成一种音乐。他的手臂变成树枝，表皮上布满粗大的血管，那些士兵绕着树枝转圈，那个场景重新开始。

一种轻微的昏厥令他又回想起曾经那场雪，当热拉尔送他回蒙马特街时的汽车，还有游戏。阿加特呜咽着：

"保罗！保罗！看看我，跟我说话……"

一股呛人的味道充满他的嘴巴。

"水……"他说。

他的嘴唇闭合，张开。

"等一下……伊丽莎白去拿热水瓶了。她去给你冲一个汤壶。"

他又说：

保罗发现了真相

"水……"

他要水。阿加特将他的嘴唇润湿。她求他讲话，解释他的疯狂和那封信，她从包里取出那封信，递给他。

"这是你的错，阿加特……"

"我的错？"

于是保罗开始解释，一个音节一个音节的，声音微弱，要告诉她全部的真相。阿加特打断了他，惊叫起来，为自己辩护。陷阱被打开，显露出所有迂回曲折的机关。垂死的人和年轻的女人你来我往，拆开了这地狱般的机械系统中一个又一个的零件。从他们的对话里，浮现出一个罪恶的伊丽莎白，那天夜里来回奔走的伊丽莎白，一个骗子，一个顽固可怖的伊丽莎白。

他们刚刚明白了她的阴谋，阿加特急叫：

"你得活下来！"

保罗呻吟道：

"太晚了！"

这时，害怕他们单独相处太久的伊丽莎白回来了，拿着汤壶和热水瓶。黑色的气息又取代了不同寻常的静默。伊丽莎白丝毫没有怀疑他们发现了真相，她转过身，推开盒子、瓶子，找了一个杯子，装上咖啡。她走近被她欺骗的人。他们死死地盯住她。一种超常的意志力令保罗又支起身子。阿加特扶着他。他们相依的脸庞充满了仇恨的怒火：

"保罗，别喝！"

阿加特的这一声叫喊令伊丽莎白愣住了。

“你疯了，”她低声说，“好像我要毒死他一样。”

“你会这么做的。”

一下接一下的致命打击。伊丽莎白开始踉跄。

她想试着回答什么。

“怪物！卑鄙的怪物！”

伊丽莎白原以为保罗不再有力气说话，但偏偏是他说了这句可怕的话，这更加剧了她的恐慌。

“卑鄙的怪物！卑鄙的怪物！”

保罗继续骂，接着嘶哑地喘息，蓝色的目光逼视着她，在上下眼睑之间，仿佛正燃烧着一团蓝色的火焰。痉挛和抽搐扭曲了他迷人的嘴巴，脱水令他的眼泪枯竭，于是他的目光就像狂热的闪电，亦如狼的眼睛那般闪着荧荧的磷光。

大雪鞭笞着窗玻璃。伊丽莎白开始后退：

“好啊，是的，”她说，“这是真的。我嫉妒，我不想失去你。我讨厌阿加特。我不许她把你从这个家带走。”

坦白反而令她变得强大，将她包裹起来，褪去她狡诈的戏服。她的鬈发被风刮到后面，小而冷酷的前额裸露出来，显得很开阔，似乎架在那对水汪汪的眼睛之上。为了他们的房间，她独自一人对抗着所有人——阿加特、热拉尔、保罗，她与全世界在搏斗。

她握紧了手枪的扳机。阿加特狂喊起来：

“她要开枪了！她要杀我！”她死死抱住正在胡言乱语的保罗。

伊丽莎白根本没有想过要朝这个美丽的女人开枪。她只是本能地抓住手枪，为了完成这个已被逼到角落里、命中注定要付出

伊丽莎白在墙角

沉重代价的女间谍的姿态。

可是面对一个歇斯底里，一个濒临死亡，她失去了反击的权力。强大已没有任何用处。

于是，惊慌失措的阿加特一下子看到这一幕：一个突然崩溃的白痴，走到镜子前，做起了怪相，用手扯着头发，斜着眼睛，吐着舌头。伊丽莎白再也无法忍受内心巨大的压力，便用怪诞的行为来发泄内心的狂乱，试着以一种过分的荒诞来令生活显得更加不可思议，从而拓展忍受的限度，直到这出悲剧将她驱逐出去，再也不用忍受为止。

"她疯了！救命啊！"阿加特继续高声叫着。

这个"疯"字令伊丽莎白从镜子前转过身来，她驯服了自己情感的极点，安静下来。颤抖的手抓紧武器，又放开。她直起身，低着头。

她知道这个房间正在一个令人眩晕的陡坡上滑向终点，但结局迟迟未至，得激活它。压力并没有释放，她开始数数，计算，乘，除，回想起一些日期，一些房子的门牌号，把它们加在一起，算错了，重新来过。突然，她想起自己梦中的忧郁山出自《保罗和维尔日妮》①，书中的"忧郁"是指山丘。她寻思着这本书的背

---

① 法国作家贝尔纳丹·德·圣皮埃尔写于一七八七年的小说：在法兰西岛（即后来的毛里求斯岛）上生活着两位单身母亲，一位生了个男孩叫保罗，另一位生了个女孩叫维尔日妮，两人自小青梅竹马，被当成兄妹般抚养长大。少年时代，两人的感情发展成了爱恋，维尔日妮先觉察到自己对保罗的爱，为之痛苦，于是母亲决定把她送回法国学习，与保罗分开。若干年后，维尔日妮宣布回来，可船在抵达之际遇到暴风雨，保罗眼睁睁看着维尔日妮溺水身亡。不久，保罗也因伤心而死去。

伊丽莎白背诵着数字

景是不是法兰西岛。于是，岛屿的名称代替了数字。法兰西岛，毛里求斯岛，圣路易岛。她背着，糊涂了，混淆了，只得到一片空白，一种谵妄。

她的安静令保罗很惊讶。他睁开眼睛。她正看着他，遥相观望，两人的眼神交汇，深入下去，一种神秘的好奇替代了仇恨。伊丽莎白接触到这种表情后，有种胜利的预感。姐弟手足间的本能激励了她。她没有离开这新奇的目光，同时又继续自己枯燥的工作。她计算着，计算着，背诵着，渐渐地，空间增大了，她猜想保罗被吸引住了，认出了这个游戏，似乎又回到了那间轻飘飘的屋子。

她的兴奋令她清醒。她发现了秘诀。她领导着那些幽灵。她像蜜蜂一样工作着，继续着这个至今为止自己还未理解的游戏，她创造了它，虽然对它的机械系统如对萨勒贝特里埃①一样毫无概念，但她设计它，并启动了它，就像一个瘫痪的人在某个非同寻常的事件的作用下，突然站了起来。

保罗跟着她。保罗来了，这是确信无疑的。她的肯定是其不可思议的大脑活动的基础。她继续，继续，继续，用她的练习来吸引保罗。她可以肯定，他已经感觉不到搂着他脖子的阿加特，他已经听不到她的抱怨。姐弟俩怎么可能听到她的声音呢？她的叫喊回荡在他们构建死亡之域的音阶之下。他们向上爬，肩并肩地向上爬。伊丽莎白带走了她的猎物。蹬着希腊演员那种高高的

---

① 巴黎的一所精神病院。

木底鞋，他们离开了阿特里得斯的地狱①。诸神法庭的智慧已经不足以解决问题，他们只能求助于自己的守护神。只需再有几秒钟的勇气，他们就能到达终点，在那里，他们的肉体会分解，灵魂会结合，乱伦不再被拒之门外。

阿加特在另一个世界，另一个时代里叫喊。她的叫声并不会比窗子的震动引起伊丽莎白和保罗更多的注意。冷酷的灯光取代了黄昏的光线，只有伊丽莎白还笼罩在因红布而生的绛紫色光晕里，造成一片空白，拖着保罗走向黑暗。

垂死的人精疲力竭。他因伊丽莎白、大雪、游戏、儿时的房间而变得紧张。一缕游丝将他连着生命，把已经发散的思想系在那石头般的身体之上。他已辨认不出自己的姐姐，只感觉一个长长的身影正呼唤着他的名字。伊丽莎白手指搭在扳机上，正在等待弟弟死前的痉挛，她就像一个恋爱中的女人，为了等待另一半，而推迟了自己的快乐，她呼唤着他的名字，叫他与自己会合，守候着那辉煌的一刻——那一刻，他们将在死亡中获得自由。

保罗精力耗尽，任自己的脑袋倒向一边。伊丽莎白以为这就是终点，将手枪的枪口对准自己的太阳穴，扣动了扳机。她倒下来时，一扇屏风也随之倒下，压在她的身上，伴着一声可怕的巨

① 阿特里得斯，希腊神话中阿特柔斯的后代，其家族被神诅咒，命中总有谋杀、弑父母、杀婴儿、乱伦等悲剧。起因是阿特柔斯的胞兄提厄斯特斯在阿特柔斯之妻的帮助下，从阿特柔斯的羊群里偷走了金毛羊羔；阿特柔斯为了报复，杀害并烹饪了自家兄弟提厄斯特斯的两个儿子，用来宴请提厄斯特斯。由此开始了阿特里得斯家族几代人（包括阿伽门农、俄瑞斯忒斯）充满罪恶与复仇的悲剧。参见埃斯库罗斯的《俄瑞斯忒斯》、索福克勒斯的《厄勒克特拉》等。

保罗濒临死亡

伊丽莎白之死

响，外面苍白的雪光从窗户里透进来，这块领地仿佛被轰炸的城市，撕开了一道伤口，令这个隐秘的房间如舞台般展现在观众面前。

这些观众，保罗隔着玻璃能认出来。

就在阿加特惊骇到极点，失声看着伊丽莎白流血的尸体时，保罗还在辨认着外面挤在冰花和融雪的沟渠之间，那些因打雪仗而通红的鼻子、脸颊、手。他认出了那些面孔、披风、羊毛围巾。他在寻找达尔热洛。他就是看不到他。他只看到他的动作，他那夸张的动作。

"保罗！保罗！救命啊！"

阿加特哆嗦着，扑上去。

但她能怎样？她还想怎样？保罗眼中的光芒湮灭了。那缕游丝断了，烟消云散的房间只剩下一股恶臭，和一个避难所里的小妇人，那避难所越来越小，越来越远，最后消失了。

圣克卢，一九二九年三月

垂死的保罗看到那些打雪仗时的面孔

保罗和姐姐升上悲剧的天国（一）

保罗和姐姐升上悲剧的天国（二）

保罗和姐姐升上悲剧的天国（三）

关于插图

我曾经读到弗洛伊德出版的书中一个五岁小女孩的日记，日记在某个句子中间戛然而止，因为那个小姑娘写厌了，我记得，那个家庭和她的生活是那样生动逼真，可一转眼，只剩下我，孤零零在这个世界上，几近空虚的边缘。阅读有如一段假日，而我从最初的几行开始结交的所有朋友，仿佛刹那间成了铁路事故的牺牲品，一切烟消云散。

没有比这种书的界限更折磨人的东西了——这个"完"字将我们驱逐出境，这些人物冷酷地将我们抛弃。我宁可看到大仲马的火枪手们分道扬镳，轻浮自夸，相互欺骗，自私自利，也不愿在这个可怕的"完"之后失去他们。

说到《可怕的孩子》，我很幸运，因为这本书自己超越界限，变成了神话，循着因保罗和伊丽莎白的奢侈而激荡的青春精神，以及那场雪映射在情节上的某种致命光亮。无可否认，这部作品施展着一股魔力，激起了年轻人既渴求又排斥的不安。我眼看着它反过来对付我，那些粗暴的灵魂紧随我不放。特别是那个达尔热洛，简直就是《大卫·科波菲尔》①中斯提福兹②的兄弟，他拖着受伤的膝盖，开始远离我的文字，四处游荡，如同一个拉小提琴的茨岗人③，从乐队中脱离开来，走到观众席中去演奏。

了解此类作品意想不到的能量之后，我发现这也很正常——在圣克卢诊所完成此书的几年后，我突然着魔般画出了一大堆构成这部小说场景的图画，那股驱使我的画笔急速运转的力量，正如一九二九年通过我喷涌而出的力量一样，当时每天写十八页，满纸的句法错误和混乱错杂的情节，若非在一种梦游般的状态之下，我感觉根本无法写出来。

这些图画要送给读了这本书、且将它当成达尔热洛那个雪球而接受的读者，评论家认为这个雪球里面藏着一块石头，而它事实上藏着一种更加危险、更加无情的武器，藏着一把利刃，一记大理石的重拳——"因美所致，直击心门"。

注：人们常以为我在电影《诗人的血》中重现了《可怕的孩子》中的一个章节。这是误解。我所拍摄的那一段，属于我童年的神话，我用它，因为那是一种敲打着我心房的记忆。

让·科克托

---

① 《大卫·科波菲尔》，十九世纪英国批判现实主义大师查尔斯·狄更斯（1812—1870）的一部代表作。
② 斯提福兹，《大卫·科波菲尔》中的人物，主人公大卫·科波菲尔童年时代的同学，大卫对斯提福兹很崇拜，但斯提福兹是外表漂亮、内心卑劣的利己主义者，且桀骜不驯，脾气暴躁，是邪恶的象征。
③ 茨岗人，流浪者，从九世纪末从印度地区向世界各地迁移散居的民族。